JN064453

恋をするなら蜜より甘く

プロローグ　恋をするなら

四月の日曜日、待ち合わせのカフェで、和倉美月はスマホ画面をスクロールさせ、フッと頬を緩ませた。

画面では、見目麗しい少年が、臆面もなく愛の言葉を囁いている。

「美月、お待たせ？」

目を輝かせて画面をスクロールさせていた美月は、向かいに人が座る気配で顔を上げた。

「ああ舞子、遅かったね」

学生時代からの友人、阿部舞子の姿に美月が表情を和らげると、向かいに腰掛けた舞子がひょいと彼女の手からスマホを取り上げた。

「あっ」

小さな声を上げる美月を気にすることなく、画面をスクロールさせた舞子は、すぐにつまらないといった顔でスマホを返してきた。

「ニヤニヤしながら読んでいるから、男の人からのメッセージかと思ったのに……」

そのスマホ画面には、漫画が映し出されている。

それも美月が学生時代に流行(はや)った高校生の男女が主人公の少女漫画だ。少女漫画をこよなく愛する美月のスマホの電子書籍アプリには、恋愛物を中心とした少女漫画が多数蔵書されている。

「舞子を待っている間暇だったから、昔の漫画を読んでいたの」

二十五歳にもなってお洒落なカフェで漫画本を開くのは少し恥ずかしいが、覗き見防止フィルムを貼ったスマホを眺めている分には少しも恥ずかしくない。

美月は画面を指で数回タップして、アプリ画面を閉じた。

「そんなんだから、恋人いない歴イコール年齢なんて悲惨なことになっちゃうのよ」

呆れたように笑う舞子は、水を持ってきた店員に注文をする。

高校が同じだった舞子だが、親しく話すようになったのは、大学進学のために上京してからだ。

高校時代は、学校ヒエラルキーのトップに位置するグループにいる舞子と、中間層で無難に学生生活を送る美月に接点はほとんどなく、話をした記憶もない。

そんな彼女から、上京後、突然連絡をもらい、最初はとにかく驚いた。

高校時代からなにかと目立つ存在だった舞子のことは当然知っていたが、彼女が自分を知っているとはまったく思っていなかった。

だから舞子が自分の連絡先を知っていることにも驚いたし、彼女が高校時代の共通の知り合いを探してまで、わざわざ連絡してきてくれたことにも感動した。

話していると価値観の違いを感じることが多い舞子だけど、数少ない同郷の友達ということもあり、その関係は互いに就職した今も続いている。

スマホを鞄にしまった美月と入れ替わるように、注文を済ませた舞子が自分のスマホを鞄から取り出す。

綺麗にネイルで彩られた指先でロックを解除した舞子は、数回画面をスクロールさせ、ずいっと美月の鼻先にスマホを突き出してくる。

「せっかく都会にいるんだから、美月ももっと楽しみなさいよ。ずっと職場と自分の部屋を往復してるだけの暮らしをするんだったら、地元に帰れば？　って思うよ」

スマホの画面には、誰かの誕生パーティーらしい写真が映し出されている。火花の飛び散る花火がささったケーキを前に、華やかな数人の女子が微笑んでいた。

遠くの打ち上げ花火を眺める気持ちでそれを見る美月の鼻先で、舞子はどんどん画面をスクロールしていく。

ニューイヤーパーティー、ハロウィン、ヨガにバーベキュー、四季折々のリア充写真の中で、舞子はとても楽しそうだ。

「舞子、いつもお洒落だね」

スマホの向こう側は完全な他人事と割り切っている美月に、舞子が不満そうに頬を膨らませる。

「都内に暮らす女子として、このくらい標準装備。高校の頃から地味だったけど、大学含めて七年も東京にいるのに、ダサダサな美月がヤバすぎなのよ」

「ダサいかな？」

苦笑いして、美月は自分の姿を見下ろす。

今日は舞子にバーゲンに付き合ってほしいと頼まれていたので、動きやすさ重視のパンツルックにローファーという服装をしている。だが、目的に合わせてお洒落はしているつもりだ。

それでも、常にお洒落に気を配っている舞子には、会う度に駄目出しされてしまうが。

美月が困り顔を浮かべると、舞子は可愛くネイルで彩（いろど）られた指先をヒラヒラさせた。

小さな印刷会社に勤める美月と違い、大手企業の受付をしている舞子の指先は綺麗に整えられている。それこそ、指の先まで女子力が溢（あふ）れていた。

「あ、でも美月の流行（はや）りに染まらない感じは、私的に癒（い）やしだから。他の女友達とじゃ、こんなに気を抜いてられないもの」

慌てて慰（なぐさ）めてくる舞子に、美月はお礼代わりにクシャリと笑った。

「美月はつり目だけど、それなりに可愛い顔立ちをしているんだから、もっとお洒落すれば少しはマシになるのに」

美月の目尻は、少しつり気味だ。人によってはアーモンドアイと評価してくれるが、美月としてはきつい印象を与えてしまうので好きではない。

「そしたら、恋人もできるかもよ」

それはあり得ないと美月が首を横に振ると、ちょうど、舞子の頼んだパンケーキが運ばれてきた。柔らかそうな生地にたっぷりの生クリームとフルーツが載り、パウダーシュガーがまぶされたそれは、華やかで食べ応えがありそうだ。

「すご〜い」

はしゃいだ声を上げる舞子は、角度を調節しながらパンケーキの写真を撮る。

そして一口だけフォークで突くと、皿を美月の方へと押し出す。

「……？」

「太っちゃうから、美月半分食べてよ」

そう言って可愛く小首をかしげる舞子に、美月は「またか」と、内心嘆息する。

舞子はよく、ＳＮＳ映えするメニューを注文して写真を撮ると、役目を終えた食事を美月に押し付けてくる。

押し付ける……という表現になってしまうのは、自分で持て余しておきながら、お会計のタイミングになると「ほとんど美月が食べたんだから」と、支払いを美月に任せてくるからだ。

数少ない同郷の友達とギクシャクするのが嫌で、結局、美月はそのままケーキを食べ始めた。

「そういえば、どこのお店に行くの？」

甘すぎるクリームの味をフルーツの酸味で中和させながら美月が聞くと、舞子がなにか企んでいそうな笑みを浮かべた。

「ああ。それなんだけど、友人として、美月の出会いの場所を作ってあげようと思って」

予想外の回答にキョトンとする美月に、舞子が指を頬に添えニンマリ微笑む。

「美月のためだよ」

その表情に、なにかしらよからぬものを感じてしまう。

「私、もう合コンとかはパスだよ。男女の出会いとか、求めてないし」

美月は素早く断りを入れる。

これまでにも同じようなことを口にした舞子に、合コンに連れ出されたことが数回あった。

その場の雰囲気に馴染むことも、上手く会話に参加することもできない美月は、結局、皆の料理を取り分けたり、飲み物の注文を取ったりとスタッフ状態になっていた。しかも、最後に連れていかれた合コンの帰り際、酔った男性の一人に絡まれ散々な目に遭った。

それ以降、どんなに舞子に誘われても、合コンは断るようにしている。

そもそも少女漫画のような恋に憧れている美月が、ああいう場所で上手く立ち回れるはずがないのだ。

「大丈夫。今回はそういうのじゃないから」

そう言って微笑む舞子の顔に、嫌な予感しかしない。

「私、恋愛とか興味ないから……」

そう返すものの、それが嘘だという自覚はある。

本当は、自分が恋に落ちる日を夢見ている。

偶然出会った王子様が、冴えない自分に気付いてくれて恋に落ちる――そんな、長年愛読している少女漫画のようなキラキラ輝く恋がしたい。

二十五歳にもなってなにを言っているのだか……という自覚はあるので、それを誰かに話したりはしないが。

「モテないからって、諦めるのはよくないよ」

屈託（くったく）のない微笑みを向けられて、美月は曖昧（あいまい）な微笑みを返した。

そんな美月に、舞子は今日のイベントには予約も済ませてあるので、今さら断るなんてできないと主張する。

美月のために……と、不機嫌な顔をする舞子に、美月はそっとため息を漏らした。

どうやら今日の予定は、舞子の中では変更不可能な決定事項のようだ。

合コンでないことを再度確認して、美月は舞子の予定に付き合うことを承諾した。

1　王子様が振り向いたなら

カフェを出た美月は、舞子に連れられ大きな複合駅近くの商業施設を訪れていた。

美月も以前に訪れたことがあるが、都心のオアシスがコンセプトのその商業施設には、広大な敷地の要所要所に世界の珍しい植物が植えられている。お洒落なテナントの並ぶ歩道を散策しながら、自然とそれを楽しめるようデザインされている。

「はい。これつけて」

「これは？」

差し出されたビニール製のブレスレットを、美月はまじまじと見つめた。

とりあえず聞いてしまったが、その答えは渡されたブレスレットにも、さっき五千円の参加費を支払わされた受付にも書かれていた。

「この施設、今年いっぱいで一度閉鎖して、全面リニューアルするんだって。だから、今年は記念イベントが色々あるの。これも、その一つよ。……年末に、最後のカウントダウンイベントをやるから、そこにも参加したいんだよね」

そう話す舞子は、ご機嫌な様子で、『春恋街コン』と印字されたブレスレットを左手に巻き付ける。

そして美月の持つブレスレットを取り上げると、それを彼女の手首に巻き付けてきた。

「だから私は、合コンには興味ないって。それに、買い物って聞いてたから服装だって……」

周囲を確認すれば、同じブレスレットをした女性たちは、誰もが可愛く着飾っている。女性だけでなく男性たちも、スタイルがよくラフだが洒落た装い（よそお）の人が多い。

動きやすさ重視で服を選んだ美月は、どう考えても周囲から浮いていた。

美月だって、それなりに可愛い服を持っている。舞子やここにいる他の女性たちには劣るかもしれないけど、それでも今の服装よりはマシだったはずだ。

でも舞子は、渋る美月の全身に視線を走らせ、うふふと朗らかに笑う。

「こういう場所では、自然体の子の方が男性ウケいいのよ」

「そりゃ、舞子はいつも可愛くしているからいいけど……」

控えめな美月の苦情に、舞子は誇らしげに笑う。

そんな舞子に視線で抗議すると、舞子が頬を膨らまして文句を言う。

「美月のために申し込んでおいてあげたのに、そういう態度って失礼だよ」

「……ごめん」

舞子にそういう顔をされると、無条件に謝らなくちゃいけない気がしてしまう。

不機嫌さを残したまま、舞子はそれでよしといった感じで表情を明るいものに変える。

「私くらいしか、美月をこういう場所に連れ出してあげる人はいないんだから、もっと感謝してよね」

「……」

私のためというのであれば、事前にちゃんと伝えておいてほしかった。そんな不満を呑み込む美月の腕を引き、舞子は施設内へと入っていく。

二人で連れ立って歩きながら、舞子は今日の街コンの流れを簡単に説明していった。

施設を全て貸し切っているわけではないので、他の買い物客も利用していること。ただしこの商業施設に併設されている高級レストランだけは、この会の貸し切りとなっていること。

そしてそのレストランは大人気で、普段ならまず予約は取れないため、そこで洒落た写真を撮るのが、舞子の目的だということ。

街コンの最初と最後はそのレストランに参加者全員が集まるが、それ以外の時間はフリータイムで、施設内やその周辺を自由に散策して同じブレスレットをした気の合う人との会話を楽しめばいいとのことだ。

人気の高級レストランが会場となったこの街コンは、参加費が割高であっても人気があり、女性陣の倍額の参加費を払い街コンに参加する男性陣はハイクラスに違いないと舞子は語った。

嬉々(きき)とした顔でそんなことを語る舞子の表情を見れば、料理だけでなく新たな出会いにも期待しているのだとわかる。

「なるほど……」

今まで幾度となく舞子の合コンに付き合わされてきた美月は、諦めた顔で頷き、自分の手首を確認する。

自由時間が多く、合コンのような窮屈(きゅうくつ)さはなさそうだ。

それならば、こういった場所ではいつも浮いてしまう自分が無理して参加することはない。フリータイムの間は、買い物気分で施設内を散策して楽しめばいいだろう。

そう考えをまとめた美月は、来てしまったものはしょうがないと気持ちを切り替えるのだった。

街コン会場であるレストランは、入ってすぐの壁一面に、生花が圧倒的な迫力で生けられていた。

その前で、さっそく自撮りを始めた舞子を待つ間、美月は花と一緒に壁に生けられている多肉植物を興味深く眺める。

「美月も一緒に撮ろうよ」

ひとしきり自撮りを済ませた舞子が、壁に顔を近付け、奥の仕組みを調べていた美月に声をかける。

「えっ、私はいいよ……ッ」

慌てて舞子から距離を取る美月の背中が、誰かにぶつかった。それに驚いて体のバランスを崩した美月の両肘を、大きな手が包み込むように支えた。

「失礼」

突然肘に触れた手の感触に身を強張（こわば）らせると、低く落ち着いた声が耳に降りてきた。低くて、微かに掠れているそれは、耳に優しい。

その声に誘われるように体を捻（ひね）って相手を見上げると、声の主と目が合った。

背の高い細身の男性が、少し驚いたような表情でこちらを見ている。

「……ごめんなさい」

一瞬、ポカンとした表情で相手を見上げていた美月は、慌てて謝罪の言葉を口にした。

咄嗟(とっさ)に声が出なかったのは、相手の姿に見惚れてしまったからだ。

一歩下がり頭を下げた美月は、吸い寄せられるように眼鏡姿の男性を見つめる。長身の彼は、それほどに魅惑的な姿をしていた。

切れ長の目に、スッキリとした高い鼻筋、左目の下に二つある印象的な小さな泣きボクロ。

フレームの細い眼鏡をかけた端整な顔立ちは、一見、理知的で冷たく感じる。だが、その泣きボクロがあることで、どこか艶(つや)っぽい印象を与えていた。

「美月、気を付けなきゃ駄目よ。ごめんなさい、この子いつもこうなんです」

慌てて駆け寄ってきた舞子が、そう詫びつつキラキラした眼差しを相手に向ける。

そんな舞子に、彼は薄い唇をゆっくり動かして微笑み、軽く手を上げて離れていく。

その左手首にも、美月たちと同じブレスレットが巻かれていた。

「この街コン、当たりね」

指先で無音の拍手をする舞子は、さっき美月がぶつかった彼をロックオンした様子だ。

そして美月の腕を掴(つか)んで軽く体を捻(ひね)ると、美月にだけ聞こえる声で「向こうも、まんざらじゃないみたいだし」と、囁(ささや)いた。

どういうことかと彼の方へ視線を向けると、まだこちらに視線を向けている。

裾（すそ）がアシンメトリーになっている黒のサマーニットを着こなし、艶（つや）のある黒髪をワックスで無造作に遊ばせている彼は、遠目に見ると非常に均整の取れた体付きをしていた。

細身で背が高く、黒を基調としたファッションに身を包んだ姿は、美しい猟犬を思わせた。

痩（や）せているのに華奢（きゃしゃ）なイメージがまったくない。

子供の頃、近所で猟犬を飼っていた人が、犬は対話のできる狼だと話していた。

普段はおとなしく従順だが、狩り場に出て獲物を定めれば、狼の血が色濃く現れる。利口で理性が利く分、その変貌ぶりはある意味狼よりたちが悪いかもしれない。

普段どれだけ従順で紳士的でも、猟犬という生き物は、貪欲に獲物に食らいつく荒々しさを持っていることを忘れてはいけないと。

「写真撮りたいの？」

二人で彼に視線を向けていると、背後で声がした。

振り返ると、癖毛で明るい髪色をした細いつり目の男性が手を差し出している。

「……」

さっきの人が大型の猟犬なら、この人はキツネといった感じだ。

「僕が撮ろうか？」

そう言ってキツネの彼が手を差し出してくる。

「いえ。大丈夫……」

「お願いします」

遠慮する美月の声に、はしゃぐ舞子の声が重なる。

舞子はキツネ目の彼の手に自分のスマホを預けると、美月の腕を引いて壁の前に立ち、ポーズを決める。

二人の写真を数枚撮った彼は、スマホを舞子に返した。

「モデルがいいから、可愛く撮れたよ」

涼しい顔でお世辞を言う彼は、人懐(なつ)っこい笑みを浮かべて舞子と軽い会話を交わすと、にこやかに手を振り離れていく。

そんな彼の手首にも、ブレスレットが巻かれている。

二人から離れたキツネ目の彼は、さっき美月がぶつかった猟犬のような男性と合流して奥の方へと消えていった。

「なんだ、あの人を待ってたのか……」

自分に気があると思っていたらしい舞子が、不満げに唇を尖らせた。でもすぐに気持ちを切り替えた様子で、撮ってもらったばかりの写真をスマホでチェックしている。

「まあいいわ。イイ男は他にもいそうだし」

写真をチェックし終えた舞子は、会場に入っていく参加者へ顔を向けた。

その視線は、男性だけでなく女性にも向けられている。しばらく人の流れを眺めていた舞子は、強気な表情で頷く。

「そうだね。舞子は昔からモテるもんね」

それは嫌味や妬みではなく、まごうことなき事実だ。

美人で明るくお洒落な舞子は、学生時代から異性にモテていた。

自然と零れた美月の言葉に、舞子は当然と言いたげに頷くと、スマホをしまってレストランの中へ向かう。

過去の経験から、こういった場所での自分は、間違いなく舞子の引き立て役にされてしまうのだろう。

確かにこういった場所での出会いは求めていないのだけど、せっかくの休日の過ごし方として、それはさすがに虚しい。

「なにしてるの？　早く行くわよ」

なかなか足を動かさない美月に、舞子が声をかける。

わくわくした感情が溢れた眼差しで自分を待つ舞子を、いつまでも待たせるのも悪い。

舞子に連れ出されない限り、自分がこういった場所に出かけることはないのだから、とりあえず美味しい料理だけでも楽しもう。

そう納得して、美月は歩き出した。

「……ええ、私は大手企業の受付をしていて、こっちの美月は小さな印刷デザインの会社に勤めているんです。タイプが全然違う？　よく言われます。美月キツそうに見えるけど、話すと良い子なんですよ。……出会い？　地元の高校が一緒だったんです。大学は違うんですけど、同じ都内だったから、ずっと仲良しで……」

今日何回目かになる二人の概要を、舞子が饒舌に語っていく。

街コン開催の挨拶が終わった後、まずは十分ずつのトークタイムが割り振られ、色々な男性と会話をしていく。それを一時間ほど繰り返した後は、自由時間となり、気の合った人と一緒に施設内を回るもよし、自由に散策した先でブレスレットを巻いた人と話を楽しむのもよしといった感じだ。

そして最後に会場であるレストランに戻り、閉会の挨拶と共に、気になる相手と連絡先を交換するらしいのだけど、既に多くの人が、最初のトークタイムで気に入った人と連絡先の交換をしているようだ。

舞子も当然、気に入った人と連絡先の交換をしていくが、そのやり取りに美月が加わることはない。

舞子に気がある男性が、ついでといった感じで美月にも連絡先を聞いてくることがあったが、美月が断るとそれ以上聞いてくることはなかった。

舞子の手前、一応は連絡先を聞いたが、期待されても迷惑ということなのだろう。

会場で出されたオードブルや飲み物はとても美味しかったので、舞子の添え物扱いである現状は気にしないでおく。

積極的に会話に参加することもなく、社交の範囲で笑みを浮かべて、周囲に視線を向ける。すると、レストランの入り口で会った男性たちを見つけた。

見るからに遊んでいそうなキツネ目の彼と、艶のある色気を漂わせる猟犬っぽい彼という二人組みは、華やかで人目を引く。

運良く彼らと同じ席になった女子は、目をキラキラさせながら積極的に話しかけている。そんな女子たちを、キツネ目の彼が上手くあしらっているようだ。対して猟犬の彼は、自分から会話に参加している感じはなく、キツネ目の彼に話しかけられて相槌を打つ程度だ。

そんな気のない対応でも、彼がやると憂いのある仕草に見えるから、美形というのはそれだけで得なのだろう。

「印刷会社って、どんな仕事をするの？」

不意に話しかけられ、美月は視線を前に戻した。

あちらの二人とは趣の違うイケメンが、美月に人懐っこい微笑みを向けてくる。

「えっと……」

「美月は、印刷会社で雑用係をしてるの。本当に小さな会社で、名刺や商店街のチラシの印刷程度の仕事ばっかりで……」

壁の花的ポジションに慣れている美月は、一瞬自分が話しかけられていることに気付かなかった。

その隙に舞子が話し始めるのは、証券マンだと語った彼の容姿が舞子好みだからだろう。

証券マンだという彼は、華やかな微笑みを浮かべた舞子の言葉を途中で遮(さえぎ)る。

「なんで君が喋(しゃべ)るの？」

そう言いつつ、さりげなく自分の手を美月のそれに重ねてくる。

「俺は、美月ちゃんの口から話を聞きたいんだけど」

「……」

舞子好みの容姿とはつまり、わかりやすいイケメンということだ。

そんな彼に手を重ねられて甘く微笑まれたら、それだけで頬が熱くなる。

素敵な男性が冴えない自分に興味を示す。そんな少女漫画のような展開に驚きながら受け答えしていると、舞子の眉が微かに歪(ゆが)む。

みるみる不機嫌になっていく舞子を気にしつつ、証券マンの彼と会話していると、あっという間に時間が過ぎていった。

そして話し相手を変えるタイミングで、証券マンの彼がスマホを取り出す。

話が弾んだので、連絡先を交換していいかな……そんな流れを想定して、美月がスマホを取り出そうとすると、証券マンの彼は美月ではなく舞子にスマホを差し出した。

「ちっとも話せなかったから、舞子ちゃんの連絡先を教えてよ。今度は二人だけで食事に行こう」

「……っ」

スマホを取り出そうとしていた美月の手が止まる。それと同時に、舞子の顔に勝者の笑みが浮かんだ。

「美月、いいように利用されちゃったね」

証券マンの背中を見送りながら、彼との予定をスマホのカレンダーに書き込む舞子が笑う。

「え？」

なにが起きたのか理解できず目を丸くしている美月に、舞子が言う。

「彼、私の関心を引くために、美月とばかり話してたのよ」

その方が舞子の印象に残り、彼女の連絡先を聞き出したり、会う約束を取りつけやすくなったりするのだそうだ。

「合コンでは使い古された手だけど、私の気を引くために必死な様子が可愛かったから、彼の誘いに乗ってあげることにしたのよ」

「なるほど……」

そういうことかと納得すると同時に、一瞬でも期待してしまった自分が恥ずかしくなる。

――いい年をして、少女漫画のような展開に期待してバカみたい……

さっきとは違う意味で熱くなる頬を押さえていると、向かいに新たに人が座る気配がした。

甘さを含んだ爽(さわ)やかな香りに顔を上げたら、キツネ目の彼と猟犬っぽい彼が目の前にいた。

さっきは気が付かなかったが、二人のうちのどちらかが品のよい香水を使用しているらしい。

「悪い男もいるもんだね」

キツネ目の彼が、細い目をさらに細くして癖のある笑みを浮かべた。

そうしながら美月とさっきの証券マンの姿を見比べる。その視線の動きで、先ほどのやり取りを見られていたのだとわかった。

見られていたという事実と、隣で舞子がクスリと笑う声に美月の羞恥心(しゅうちしん)が煽(あお)られる。

「よろしく。僕は宮島涼(みやじまりょう)で、こっちは榎波優斗(えなみゆうと)」

軽い口調で自己紹介してくるのは、キツネ目の彼だ。対して猟犬の彼は、涼と名乗ったキツネ目の彼の言葉に合わせて、軽く首を動かすことで挨拶(あいさつ)を済ませた。

「はじめまして私は……」

声のトーンを高くして、舞子がテンプレートな二人分の自己紹介を始める。

舞子は目の前の二人が気に入っているようだし、少なくとも涼の方はこういった場所を楽しむタイプに見えるので、舞子を相手に話を盛り上げてくれるだろう。

「ちょっとごめんね」

さっきの出来事から気持ちを切り替えられずにいた美月は、自分がいなくても問題ないだろうと、お手洗いを口実に席を立つ。

そのまま会場から抜け出そうとしたら、誰かに腕を掴(つか)まれた。

驚いて振り返ると、榎波優斗と紹介された猟犬っぽい彼が、席から立ち上がって美月の腕を掴(つか)んでいた。

「あの……？」

自分になんの用だろうと怪訝な顔をする美月に、優斗が言う。

「君の連絡先を教えてくれないか？」

その言葉に、美月はまたかと肩を落とした。

少女漫画じゃないんだから、こんなイケメンが自分に興味を持つわけがない。それはさっき実感したばかりだ。

舞子の引き立て役にされることには慣れているけど、立て続けに二度もとなると、さすがに心が軋んで泣きたくなる。

「そういう遠回りなことをしないで、直接舞子に連絡先を聞いたらいいと思いますよ」

きっと舞子も喜んで連絡先を教えてくれることだろう。

だけど優斗は、軽く肩をすくめて首を横に振る。

「俺が知りたいのは、阿部さんの連絡先でなく、君の連絡先だけだ」

舞子を苗字で呼ぶ優斗は、もう一方の手でスマホを取り出し、美月に差し出してくる。

微かに距離が縮まったことで、さっき感じた甘く爽やかな香りの主が優斗だとわかった。

これはどういう状況だろうと考えていると、美月の代わりに舞子が口を開いた。

「美月はこういうことに慣れてないから、からかわないであげてください。連絡先を聞かれるだけでも、舞い上がっちゃうんだから」

他人に言われるとなんとも痛い話だが、事実なので否定のしようもない。

もう勘弁してほしいと優斗の手を無言で振り解こうと腕を動かした。だけど優斗が腕を離してくれる気配はなく、美月に視線を向けて言う。

「からかってなんかいない。本当に君の連絡先が知りたいだけだよ」

チラリと視線を向けると、舞子は目をまん丸にして驚いているし、涼は頬杖をついてニヤニヤしている。でも美月の腕を掴(つか)む優斗の表情は真面目で、からかっている感じはない。

「あの……」

「知ってどうするの？　連絡する気もないのに聞くとか、可哀想だからやめてあげて。この子は、全然モテなくて、少女趣味な妄想ばかりしてるイタイ子なんですよ」

舞子が、優しい声色で優斗を諭(さと)した。

連絡が来ないことを前提に、酷いことを言われている気がするが、概(おおむ)ね間違ってはいない。彼のような男性に連絡先を聞かれたら、舞い上がって連絡が来るのを待ち続けそうだ。

「君が俺のなにを知っている？　俺は彼女を食事に誘いたいと思っている。もちろん、俺が誘うことが迷惑じゃなかったらだけど」

余裕に満ちた表情でウインクする優斗を見て、舞子の頬が微かに痙攣(けいれん)した。

そんな三人の顔を順繰りに観察した涼は、もとから手にしていたグラスの飲み物を舐(な)めるように含んで口を開く。

「今日の街コンで、コイツが女の子の連絡先を聞いたのは美月ちゃんが初めてだよ。このまま手ぶらで帰るのは可哀想だから、好みじゃないかもしれないけど、お情けで教えてやってよ」

こんな漫画みたいな展開あり得ない。

舞子がグッと奥歯を噛みしめ眉間(みけん)に皺(しわ)を寄せる。そんな彼女と極上のイケメンを見比べながら、美月はただ目を丸くするのだった。

2　夢の時間の終わりには

日曜日の昼下がり。

待ち合わせの時間を前に、美月はショーウィンドウに映る自分の姿を確認する。

先週の街コンでは、買い物に行くつもりでいたので動きやすさ重視のカジュアルな服装をしていた。それに比べると、今日の自分は、少しは女子っぽい装(よそお)いをしていると思う。

落ち着いた桜色のフレアスカートに白のニット、その上にデニム素材のジャケットを羽織った今日の服装は、我ながら可愛い仕上がりになったと思う。

待ち合わせの駅で、ショーウィンドウを鏡代わりに服装をチェックしていた美月は、待ち合わせしていた人が来たことに気付いて視線を向けた。

「可愛いけど、ちょっと無理してる感が出ちゃってるかも。美月ってピンクのイメージないし」

美月としては、ほどよいお洒落をしたつもりだが、待ち合わせ場所に現れた舞子に、開口一番駄目出しをされてしまった。

「変かな……」

急に不安になり、美月は腰を捻って自分の姿を確認した。

舞子も、人さし指を唇に添えて角度を変えながら美月を観察してくる。

「私の場合、いつもの飾らない感じの美月を見慣れてるから、そう感じちゃうだけかも」

美月のジャケットやスカートを摘まんでは動きを付けてくる舞子は、そう締めくくって服から指を離した。

そして「大丈夫」と伝えるように、大きく頷く。

「よかった」

ホッと胸を撫で下ろす美月を見て、舞子が指先を唇に戻して軽く首をかしげて微笑む。

「あとは、榎波さんが来ることを祈るばかりね」

そう言うと、舞子は美月の肘を掴み、急かすように軽く引っぱって歩き出す。

その言葉に曖昧な微笑みを浮かべ、舞子に続いた。

今日の本当の待ち合わせ相手は舞子ではなく、先週街コンで出会った榎波優斗だ。

あの日、連絡先を聞いてきた優斗は、茶化す涼や、遊びならやめてほしいと釘を刺す舞子を無視して、本当に美月にデートの約束を取り付けてきた。

その結果として、美月はこの後、優斗とデートすることになっている。

そのデートの待ち合わせに、何故舞子が一緒に行くのかと言えば、美月を心配してのことらしい。

舞子の言い分としては、あの場所で美月に興味を持った優斗だが、別れた後、急にその思いが冷めて約束をすっぽかす可能性が高いのだとか。

それを心配した舞子が、待ち合わせ場所についていくと言い出したのだ。

「もしすっぽかされたら、私が付き合ってあげるから」

明るい口調で語る舞子だが、待ち合わせのカフェが見えてくると、彼女の心配が杞憂（きゆう）で済んだことがわかった。

優斗が、通りからよく見えるテラス席に腰掛けている。

「よかった」

思わず零れた美月の声で、優斗の姿に気付いた舞子が足を止めた。

心配してついてきてくれた舞子には悪いけれど、すっぽかされなかったことにホッとする。

「舞子、ここまで付き合ってくれてありがとう」

お礼を言う美月に、舞子が明るい口調で言う。

「せっかくだから、私も挨拶（あいさつ）して帰るね」

「え……あ、うん……」

友達同伴でデートの待ち合わせに現れるというのは、相手に変に思われないだろうか。しかし、舞子は止める間もなく、美月をその場に残して優斗のもとへ駆け寄っていってしまう。

「やあ」

テラス席に駆け寄る舞子と美月に気付いた優斗は、読んでいた本を閉じて笑みを浮かべた。

今日の彼は、眼鏡をしていない。コンタクトレンズなのだろうか、そんなことを思いつつ美月も歩み寄ると、先に辿(たど)り着いた舞子が口を開く。

「こんにちは。美月が、一人で行くのはどうしても嫌だって言うからついてきたんです」

——え？

事実と異なる説明に美月が目を丸くしている間に、舞子は当然のように優斗の向かいの椅子に座る。

優斗の使っているテーブルには、二人分の椅子しかセットされていない。この場合、スタッフに頼んでもう一脚椅子を持ってきてもらった方がいいのだろうか。

——でも、この小さなテーブルに三脚も椅子を置いたら、他の人の迷惑になるかも……

迷いながらスタッフを探して周囲を見渡していると、舞子が美月の服の袖(そで)を掴(つか)んだ。

「やだ美月、服が汚れてるわよ」

「えっ？」

驚いて舞子の指摘するところを確認すると、ジャケットの袖口にラメが含まれたピンク色の筋がついている。

「ほら、ここも。ここにも」

汚れは袖口だけでなく、スカートの裾やジャケットの肘や腰回りにもついていた。

「そんな……」

せっかく自分なりにお洒落をしてきたのにと、泣きたい気分になる。

汚れた服のままデートに行くのも失礼な気がして、どうしたものかと優斗を見た。すると、優斗は無言で読んでいた本を鞄にしまい、財布を取り出している。

「私が榎波さんと待っててあげるから、着替えてきたら？」

「……そうだね」

見かねた舞子が出してくれた提案に乗りかけた時、優斗が「もういいよ」と言って、立ち上がった。

「着替えが必要なら、俺と一緒に買いに行けばいい」

優斗はテーブルに千円札を二枚置き、その上に自分の使っていたカップを置くと、軽く体を屈めて舞子に顔を近付ける。

「あの……」

突然顔を寄せられた舞子が、頬を紅潮させて、はにかんだ笑みを浮かべた。

口角を綺麗に持ち上げ可愛らしく微笑む舞子と見つめ合うこと数秒、納得したと言いたげに優斗が顎を動かした。

「彼女の服の汚れは、君の口紅の色によく似ているね」

「……っ」

その言葉に、舞子が目を見開いた。でもすぐに、なにを言っているかわからないと言いたげに微笑む。だが、その笑みは、さっきまでと違ってぎこちない。

そういえば、さっき舞子がやたらと自分の服を触っていたことを思い出す。

「偶然ついちゃったのかな？　ごめんね、美月」

「ううん。私も気付かなかった」

「どっちにしろ、着替えてきた方が……」

「付き添いをありがとう。せっかくだし、君はここでなにか好きな物を飲んで帰ってくれ」

そう言うと優斗は美月の手を引いて歩き出した。

カフェから美月を連れ出しながら、優斗は自然な動きで美月の腰に腕を回し寄り添う。

「あの……っ」

恋人同士のような親密すぎる距離に戸惑っていると、優斗がその理由を口にした。

「少しだけ我慢して。こうした方が、汚れが目立たないから」

なるほどと納得するが、体が密着していることで、彼の体温や纏う香水の香りをすぐ側に感じて緊張してしまう。

焦って視線を彷徨わせると、立ち上がった姿勢でこちらを睨む舞子と目が合った。

不機嫌そうな舞子が気になるが、優斗にリードされているため声をかけるタイミングを逃してしまった。

「あの、さっき舞子が私の服装をチェックしてくれたから、その時にリップがついたんだと思います。彼女、慣れない私を気にかけてくれて、心配してここまでついてきてくれたので」

今日の舞子の行動には、確かに違和感がある。でも、自分を心配してくれたのは事実だと思うので、あまり悪意を持った捉え方はしたくない。

舞子を気遣う美月の言葉に、しばし考えて優斗が同意する。

「……そうだね」

その間はなんだろうと、優斗の顔を見上げた。

「君はもっと、人の言葉より、自分の感情を信じた方がいい」

「え？」

意味がわからないと首をかしげる美月に、優斗は困ったように肩をすくめる。

「たとえば、相手の言動を不快に感じた時、友達だからと自分の感情を呑み込む必要はない。感情は君のものなんだから」

そう言って優斗が優しく微笑む。

遠目にも綺麗な顔立ちをしていると思ったけど、間近で見たら、目鼻立ちの美しさはもちろん、肌の美しさにも目がいく。

なんだか本当に少女漫画の王子様のようだ。そのせいなのか、普段は相手と気まずくなりたくなくて呑み込んでしまう気持ちを、口に出してもいい気がした。

「舞子に悪意がなかったとしても、服が汚れたのは悲しいです」

「そうだね」

頷いた優斗が、優しい口調で言葉を重ねた。

「その服は、君によく似合っていた。今日のデートのために、せっかく可愛くしてきてくれたのに、残念だよ」

「ピンク、変じゃないですか？」

さっき舞子に指摘されたことが気になり、つい、そんな疑問が口をついて出てしまう。

「和倉さんは、色が白くて大きな目がチャーミングだから、ピンクが映えるよ」

臆面もなく甘い台詞を返されて、美月は耳まで熱くなる。

降って湧いた夢みたいな展開に、頭が上手く働かない。

――こういうことは、舞子みたいな可愛い女の子にしか訪れないと思ってた。

「美月ちゃんって、呼んでいい？」

ポカンとした表情で見上げる美月に、優斗がそう確認してきた。

慌てて頷くと、優斗が嬉しそうに目を細める。そんな顔をされると、美月の鼓動がさらに加速してしまう。

「とりあえず服を買ったら、食事に行こう。それでいい？」

そう確認され、美月は首を大きく縦に動かすことしかできなかった。


カフェの近くにあったセレクトショップに入り、優斗は美月に服を選んでくれた。パンプスとバッグはそのまま使えるようにと優斗が選んでくれた服は、手触りがよく柔らかな素材のワンピース。色合いは最初に穿いていたスカートと似ているが、デザインは元のスカートより裾（すそ）が広がり、腰のくびれを強調している。

その上に白いジャケットを羽織ると、もともと美月が着てきた服以上に、可愛らしい印象になった気がした。

「どうですか？」

あまりに普段の自分らしからぬ服装に、不安な気持ちを抱えてフィッティングルームから出る。

優斗は目を細めて穏やかに頷いてくれた。

自分の格好を全肯定してくれる彼の顔を見たら、不安が一気に吹き飛んでいく。

優斗の言動一つ一つに心が反応して、お酒を飲んだわけでもないのに、頭がフワフワして酔っているみたいだ。

「行こうか」

フィッティングルームから出た美月に、優斗が手を差し出す。

「あ、その前に、支払いを」

このまま着ていくのでと、試着する前に値札だけ外してもらったが、支払いはまだ済ませていない。

慌てて財布を取り出そうとする美月に、優斗が言う。

「支払いは済ませておいたよ」

「……？」

意味がわからずキョトンとする美月に、優斗が微笑む。

「今日の記念に、俺からプレゼントさせて」

優斗は涼しい顔で伝えてくるが、美月としては焦るばかりだ。

「そんなわけには……」

今からでも自分で支払いを……と、バッグの中の財布を探していると、店員さんから、もともとの服が入った紙袋を丁寧な所作で差し出されてしまった。

当たり前のように優斗が受け取ろうとするので、慌ててそれを受け取る。

その隙に、優斗は店員にお礼を言って、美月の手を引いて歩き出してしまった。

さらに店を出たところで、さりげなく美月から荷物を取り上げてしまう。

「あの、お金、払います」

「プレゼントだから駄目だよ」

美月を見る優斗は、悪戯を楽しむ少年のような顔をしている。

そんな彼に、気分を害するようなことを言って嫌われたくない。

どうしたものかと悩んでいる間に、優斗が美月を駐車場へと案内した。

そこに停めてあった車を見て、再び美月は目を丸くする。

立ち止まった美月に気付き、優斗がしまったといった顔をした。

「ごめん。出会ったばかりの男の車に乗るのはマズイか」

申し訳ないと、優斗が前髪を掻き上げて眉尻を下げる。

「いえ。そういうことは……」

もちろん美月だって、普段なら出会ってすぐの男の人の車に乗るなんて不用意なことはしない。

でも、ここまでの出来事を通して彼のことは信用してもいいと思っていた。

視線で問いかけてくる優斗に、美月は目の前の車を見る。

滑らかな流線型をした黒い車体は美しく、車に詳しくない美月でも高級車なのだとわかった。

「榎波さんは、何者ですか？」

この前の街コンの時もそうだが、今日も優斗は洒落っ気と遊び心を併せ持ったデザインの服を上手に着こなしている。それに、腕時計や靴といった小物からも、こだわりと高級さを感じた。

これらを揃えるにはそれ相応の金額が必要になるであろうことは、容易に想像できる。

「ああ、そういえば、街コンの時、きちんと自己紹介をしていなかったね……」

――そういう意味ではなかったのだが……

車の電子ロックを解除した優斗は、助手席のドアを開けて優しく美月を座席へ誘導する。

そして名刺入れから紙片を一枚取り出して美月に渡すと、運転席に移動していった。

「カンナミグループ、カンナミ建設、未来街造り部……榎波優斗……さん」

差し出された名刺の表には、社名と所属部署の下に彼の名前が書かれている。

裏返すと、カンナミグループの系列企業の名前が日本語と英語と中国語で列挙されていた。

つまり外国でも仕事をしているということだ。

カンナミグループといえば、ゼネコンの代表格であり、いわゆるスーパーゼネコンと呼ばれる大企業の一つだ。

名刺には、所属部署は書かれているが、これといった肩書きはない。

彼は若そうに見えるが、三十代前半といったところだろう。大企業なら、その年齢で肩書きがないのも不思議はない。

「念のため、免許証も確認する？」

両手で受け取った名刺をまじまじと眺める美月に、運転席に乗り込んだ優斗が、からかうように言う。

「いいです。ただ……」

当然のように美月の服の支払いをし、高級車に乗る彼を見て、本当に王子様ではないのかと思ってしまった自分が恥ずかしくなった。それと同時に……

「ただ？」

頭に浮かんだ言葉をそのまま口にしようとして慌てて呑み込んだ美月に、優斗が言葉を促す。

甘く艶やかな表情に見つめられ、判断力が低下した美月は、うっかり呑み込んだ言葉を口にしてしまう。

「大手企業の社員さんだとしても、なんかお金持ち感が過ぎるというか……だから、やっぱりさっきの洋服代は、ちゃんと自分で払わせてください」

優斗の方が美月より稼いでいるのは確かだろう。

それでも高級車や、洒落た服や小物を揃えるにはそれなりに出費もあるということだ。だったら、懐事情は苦しいのではないか、と心配になった。

「……」

美月の言葉に、優斗の表情が固まった。

「す、すみません……余計なことをっ」

せっかくの好意に対して、こんな不躾な発言をしてしまい、相手の気分を害してしまったのではないかと不安になる。

だが、このまま知らん顔をするわけにもいかない。

緊張しつつ見つめ合うこと数秒、状況を呑み込んだといった感じで優斗が頷く。

「そういうことか。変に気を遣わせて悪かった」

クシャリと前髪を掻き上げる優斗は、次の瞬間、フッと表情を緩ませる。

「確かに収入はそこそこかもしれないけど、実家暮らしで生活費がかからないんだ。それに車は、デートだからと言って、家族のものを借りてきた。普段の交通手段は電車だよ」

「ああ……」

なるほどと納得しつつ、つい余計なことを口にしてしまう。

「それなら、私に使った分は、家の人にお土産を買って帰ってはどうでしょうか？」

「……？」

「なんて言うか、家賃や食費がかからないのって、すごく助かりますよね。でも実家にいると、それが当たり前になって、感謝とか忘れがちになるから……余計なことだったらすみません」

口にしてから、ひどく差し出がましい意見だったかもしれないと気付き、慌てて言葉を補足する。

「私、地方出身で、大学進学をする時に親元を離れたんです。親元を離れて初めて、毎日の家事の大変さに気付いて母に感謝しました。そして、社会人として自分の稼いだお金で生活するようになって、父の大変さを知ってやっぱり感謝して……。そういうことって、一緒に住んでる時はなかなか気付けないことだから……。それで、たまに両親へ美味しいものを送るようにしたんですけど、すごく喜んでくれて……だから、あの……」

途中から自分でもなにを言いたいのかわからなくなり、しどろもどろになってしまう。

そんな美月の姿に、優斗は「プレゼントを贈った女性に、そんなことを言われたのは初めてだ」と、笑う。

男の人は、うるさく正論を説く女性が嫌いだと聞く。

しかも年下の自分が、偉そうなことを言って呆れられただろうか。焦る美月に優斗が言う。

「確かに美月ちゃんの言うとおりだ。家族に与えてもらうことに慣れて、感謝することを忘れていたかもしれない」

不快に思っている様子のない声に安堵して視線を向けると、優斗がクシャリと微笑んだ。

人の良さを感じさせるその微笑みに、美月の顔にも自然と笑みが浮かぶ。

ではと、鞄から財布を出そうとする美月を、優斗が制した。

「ありがたく君のアドバイスには従う。でも今日の記念に、プレゼントはそのままにさせてほしい。その代わり、次に会った時にお茶をご馳走してくれる？」

「えっ……とっ」

それはつまり、また会おうと美月を誘っているのだろうか。

彼の言葉を理解して赤面する美月に、「約束だ」と軽くウインクして、優斗は車を発進させた。

普段は電車で移動すると話した優斗だが、その運転は危なげなく、混雑する都心の道をスムーズに進んでいく。

カーナビを使用することなく車を運転する優斗は、美月の知らない場所で停車した。

「ここは、植物園？」

広い駐車場の前にウッドデッキがあり、その先に北欧風の建物と、それに寄り添うような温室らしき建物が見える。

「惜しい。園芸ショップだよ」

「なんだかすごくお洒落ですね」

女子ウケしそうな外観につい目が行ってしまう。

美月が関心を示すことは織り込み済みといった感じで、優斗が頷く。

「カフェも併設されているから時間潰しにいいと思って。この前、植物に興味がありそうだったから」

そう言って、優斗はシートベルトを外して車を降りた。

優斗が言っているのは、街コンが始まる前に、美月が彼とぶつかった時のことだろうか。

だとしたら優斗は、あんな一瞬のことを覚えていたということになる。

助手席側に回った優斗は、ドアを開けると美月に手を差し出した。

「その後は、近くの店に予約をしているから、食事に行こう」

自分は壮大な夢でも見ているのだろうか……

見目麗しく紳士的な男性に、お姫様のような扱いを受ける。少女漫画を読みながら、そんなシチュエーションを幾度となく夢見てきた。

だけど、いざそれが現実に起こると、どう反応していいかわからない。

「残念ながら、明日は仕事で朝早くから現場視察があるんだ。だから食事をしたら、家まで送らせてもらうよ」

差し出された手をなかなか掴まない美月に、優斗が片眉を上げからかうように言う。

「その先がなくてごめんね」

まるで、美月がその先を期待しているように言われて、恥ずかしくなる。

「そんなこと、期待してませんっ」

「そう。残念」

全力で否定する美月をクスリと笑い、優斗は彼女の手首を掴んで引き寄せた。

手を引かれる形で美月が車を降りると「行こう」と、美月の手を引き、園芸ショップへ向かう。

「榎波さんは、前にもここに来たことがあるんですか？」

可愛い外観は、あまり男性が一人で来る場所とは思えない。

自分にそんな権利はないと重々承知しているのに、探るような響きになってしまう。

「実はここ、カンナミグループが企業戦略の一環として協賛している店なんだ」

「え？　大手企業は、家を建てるための木材から育てるんですか？」

美月の言葉を聞いて、優斗が面白そうに笑う。

「確かに森林資源の保護にも力を入れているが、こういうテナントに求めているのは、利用者の反応だよ」

「……？」

柱や梁を上手くいかした店内の内装は、白い漆喰塗りで植物の緑が映える。品良く植物の配置された店内を並んで歩く。

「この店では、定期的に多肉植物の寄せ植えや、ドライフラワーのリース作りといったワークショップを開いている。参加者は女性が多い。企業としては、彼女たちの様々な反応を通して、女性により好まれる住宅デザインの市場調査をしているんだ。家を建てる際、デザインを決めるのは女性というケースは多いからね」

「なるほど……」

言わんとすることは、なんとなくわかる。

美月の実家をリフォームした際も、母はあれこれ父に相談をしていたが、結局、床の木材の種類や壁紙の色は母の希望どおりになっていた。

「君と会った街コン会場の商業施設も、カンナミの事業の一環。有名建築家と期間限定でコラボをしていて、色々なイベントを予定しているんだ。先日の街コンもその一つ。そのプロジェクトを一緒に進めている宮島に誘われて、あの日は仕事を兼ねて参加していたんだ」

高い位置から垂れ下がる蔦(つた)を指で弾く優斗は、苦い顔をする。

察するに、仕事を口実に街コンに誘い出されたが、さしたる収穫もなく退屈をしていたのだろう。

ただ、怒っている感じはないので、タイプは違うが、宮島とは普段から仲良くしているのが察せられた。

「あの商業施設、リニューアルするんですよね」

舞子からそのような話を聞いた。緑が多く開放的な施設を思い出すと、変えてしまうのは勿体ない気がしてくる。

「ずっと同じなんて、つまらないだろう？」

強気な口調の優斗には、この先のビジョンが見えているのかもしれない。挑戦的な表情で、なにかを見据えて呟いた。

「新陳代謝(しんちんたいしゃ)していかないと、新参者の座る場所がない」

「……？」

それはどういう意味だろうかと考えている間に、優斗が話題を変える。

「美月ちゃんは、どんな仕事をしているの？」

「私は小さな印刷デザインの会社で雑用係をしてて……」

深く考えず、そう口にした美月の手を、優斗が強く引いた。

「それは、美月ちゃんの友達の印象だろ？」

「……？」

キョトンとする美月に、優斗が困ったようにそっと目尻に皺（しわ）を寄せた。

「街コンの時に、美月ちゃんの仕事のことを、そう説明していただろ。たぶん彼女は、仕事場での美月ちゃんを知っているわけじゃない。そんな人の言葉じゃなく、美月ちゃんが自分の仕事をどう思っているかが知りたい」

優斗に言われて、美月は自分の中の言葉を探す。

確かに「小さな印刷会社の雑用」という表現は、合コンなどの席で舞子が美月を紹介する時に使う言葉だ。それで周囲は納得していたし、それ以上の説明を求められることもなかった。

けれど優斗は、美月の考えを聞きたいと言ってくれているのだから、ちゃんと考えて返したい。

「私が勤めているのは小さな印刷会社で、いつも人手不足の感はあるんですけど、活気があって色々な仕事に参加させてもらえます」

小さな会社で毎年求人をしているわけではないため、入社三年目の美月はまだまだ新人扱いだ。現在の所属は営業だが、営業職とは関係のない雑用を頼まれることも多い。

その分、部署を超えて意見を求められることもあり、少し前にも、商店街のイベントチラシについて意見を求められそのまま採用された。

そんなことを話しながら、二人並んで色々な鉢植えを観賞していく。

美月は今まで、誰かに自分の仕事について話したことはなかった。だからつい、饒舌（じょうぜつ）になってしまう。話しすぎているだろうかと不安になって優斗を見ると、優しく見つめ返される。

「楽しんで仕事ができるのは、幸せなことだよ。友達の言葉に囚われて、自分を卑下する必要なんてない」

優斗の言葉に、美月の心が解れる。

もともと会社の仕事は好きだった。だが、舞子と話すうちに、薄給で雑用をこなすだけの自分は恥ずかしいのだと思い込んでいた。

心が解れたことで、自然と表情が明るくなった美月を見て、優斗が言葉を重ねる。

「人によって、ものの価値観が違うことはたくさんある。たとえ友人の言葉でも、鵜呑みにしない方がいい」

人によって違うものの価値観……。舞子と接していると、時々どうしようもなく息苦しさを感じるのは、そういうことなのだろうか。

「……はい」

美月が頷くと、優斗も軽く頷き彼女の手を引いて店内を散策する。

「美月ちゃんは、植物が好きなの？」

「そうですね。実家が農家なので、植物には親しみがあります」

同じく農家の娘である舞子がその話を避けるため、自然と口にすることがなくなったが、こうして植物に囲まれていると、自分のバックグラウンドを実感する。

優斗は美月の話にも、楽しそうに耳を傾けてくれる。

そんな彼の横顔を見ていると、心がそわそわして落ち着かない。

そんなくすぐったく騒ぐ自分の気持ちを落ち着かせようと視線を巡らせ、ふと小さな鉢に寄せ植えされている多肉植物が目に留まった。

「買う？」

美月の視線を追いかけ、優斗が問いかける。

「そうですね。今日の記念に買おうかな」

ブリキ缶の鉢に、可愛く数種類の多肉植物が寄せ植えされている。多肉植物はあまり手がかからないと聞くので、部屋に置くのもいいかもしれない。

鉢を手に取ろうとすると、一足早く優斗がそれを持ち上げた。

「記念にするなら、俺が買うよ」

「でも……」

それでは申し訳ないと慌てる美月に、優斗は近くにあった鉢をもう一つ持ち上げ彼女の前に差し出す。

「代わりに美月ちゃんは俺にこれを買って。そうしたらお互いの記念になる」

受け取った鉢は自分が見ていた鉢より一回り小さく、寄せ植えされた植物の数が少なく苗も小さい。一目で、優斗の持つ鉢より値段が安いものだとわかる。

それでもお互いの記念にと言われると断れず、美月は差し出された鉢を受け取った。

美月が鉢を受け取ると、優斗は会計を済ませてカフェでお茶を飲もうと提案する。その提案にのり、レジで支払いを済ませると、先に会計を済ませていた優斗が鉢を美月に差し出す。

「はい。今日の記念に」

そう言って手渡される紙袋の中を覗くと、ご丁寧に簡易的なラッピングまでされている。

こんなふうに女性扱いされることに慣れていない美月には、優斗の気配りが恥ずかしくてくすぐったい。

「ありがとうございます。……これ。ラッピングしてないんですけど」

自分の気配りの足りなさを詫びつつ紙袋を差し出すと、優斗が蕩(とろ)けるように微笑む。

「リボンは女の子の特権でしょ」

だからこのままでいいのだと、優斗は美月の差し出す紙袋を嬉しそうに受け取った。

カフェがセルフシステムのため、美月を席に座らせると、優斗は二人分の飲み物を買うためにカウンターへと向かう。

その後ろ姿を見送った美月は、少し気持ちを落ち着かせようと、鞄から取り出したスマホを確認した。

「――えっ？」

画面を開くと、舞子からおびただしい量のメッセージが届いている。

その数に驚き内容を確認すると、優斗のことは疑ってかかるべきだといった文言が並んでいた。

女性の扱いに慣れた様子の優斗は、きっと遊び慣れていて美月の手に負える相手ではない。

さっき舞子を冷たくあしらったのも、舞子の気を引くためで、遊び慣れた男がよく使う手だとこの間学んだはずだ。

もしくは、結婚詐欺かもしれない。そうでないと優斗のような男性が、美月に近付くはずがない。

痛い目に遭う前に、彼と関わるのはやめた方がいい。

美月が傷付く姿は見たくないから、優斗のことは諦めろ。

その代わり美月に似合う人を、自分が探してあげる。

そんなことが延々と書かれていた。

「……」

心配を装ったネガティブな言葉の羅列に、一瞬で冷水を浴びせられた気分になってしまう。

指先が冷たくなるのを感じながらカウンターへ視線を向けると、飲み物が準備されるのを待つ優斗がアイコンタクトを送ってくる。

その茶目っ気たっぷりな表情は、やっぱり少女漫画の王子様のようだ。

さっきまで、そんな彼に優しくされて夢心地でいたけれど、舞子のメッセージを見た後だと素直に喜ぶことができなくなる。

「なんか、難しい顔をしてるね」

自分の前にブラックコーヒー、美月の前にミルクティーを置いた優斗が、テーブルを挟んだ向かいに腰を下ろす。

「……ちょっと、色々考えていました」

「例えば？」

美月の表情の変化に目ざとく気付いた優斗が、じっと視線を向けてくる。

なんとなく、適当に言葉を濁（にご）すのは不誠実な気がした。それに、舞子の言葉を鵜呑（うの）みにして、この時間を楽しめなくなるのは勿体ない。

「……あの日、榎波さんは、どうして私の連絡先を聞いたのかなと」

「なんだか唐突だね……」

困ったように苦笑する優斗に、美月は密かに気になっていた疑問を口にする。

「会場には、私より可愛い人も綺麗な人もたくさんいて、皆、榎波さんと仲良くしたがっていました。その人たちじゃなく、どうして私だったんですか？」

湧き上がってくる不安を上手く抑える術（すべ）を持たない美月の表情は、よほど切羽（せっぱ）詰まったものだったのだろう。

少し面食らった様子で瞬（まばた）きした優斗は、顎（あご）に指を添え、考えをまとめるように虚空（こくう）を見上げた。

そして、美月に視線を戻した彼は、どこか困った顔で口を開く。

「美月ちゃんがあの場所にいたのは、自分の意思？　あの街コンを楽しみにしていた？」

美月が首を横に振ると、優斗はすぐに頷いた。

声の雰囲気からも、最初から美月の答えはわかっていて、確認のために聞いただけといった感じだ。

「やっぱり浮いてましたよね。あの日、急に参加することになって……」

買い物に行く気でいた美月の服装やメイクは、他の参加者の女性とはかなり異なっていた。街コンの間も、それを話題にして揶子の笑いを誘い、話を盛り上げようとする男性がいたくらいだ。

そのことを思い出して俯く。頬に落ちた髪を耳にかけ直していると、コーヒーを飲んだ優斗が言葉を続ける。

「隣にいた君の友達は、準備万端といった感じだったから、その対比が目立ってたよ。それもあって、最初から君の存在は気になっていた」

コーヒーをもう一口飲んで優斗が少し気まずそうに付け足す。

「こんなことを言うと、気分を悪くするかもしれないが……あの時の君は、完全に友達の引き立て役になっていた」

言葉を選ぼうとしても、他の言葉が思いつかなかったのだろう。

優斗が申し訳なさそうに美月を見た。

「……」

それはいつものことだ。

学生の頃からキラキラしていた人気者の舞子と違い、地味な自分には彼女のように輝くものがない。だから、一緒にいて比べられるのはしょうがないことだ。

そんなことを諦め気味に話すと、優斗が緩く首を横に振る。

「誰かを利用しないと輝けない人間は、本当に輝いているとは言わないよ。あの日の君は、君にとって不本意な状況にいながら、場の空気を悪くしないよう律儀に微笑んでいた。そんな君が泣き出しそうな顔で席を離れようとしたから、気の毒になったんだ」

いたわるような優斗の言葉を聞きながら、美月は自分のマグカップを手にした。薄い磁器を通して、冷たくなっていく指先に飲み物の熱が伝わってくる。

「あそこで榎波さんに声をかけてもらえなかったら、私はすごく惨めな気分のまま帰ったと思います。……今日だって、待ち合わせの場所に榎波さんが来ていなかったら、私は舞子に同情されながら、寂しい一日を過ごしていたでしょう」

「それならよかった」

街コンで優斗に連絡先を聞かれてから今日まで、少女漫画のヒロインになったような気分だった。

優しくて、美月への対応は完璧で、女性の扱いに慣れている優斗。

だからこそ、どうして自分に……という疑問が胸に燻っていた。

――なるほど、そういうことだったのか……

きっとあの日、自分は優斗の目に、舞子の引き立て役の惨めなピエロみたいに映っていたのだろう。

女性の扱いに慣れ、男の色香を漂わせる優斗が、あれだけ華やかで魅力的な女性が溢れる会場で美月だけに連絡先を聞いたのは、愛情でもなんでもなく、ただの同情だったのだ……

仕事の一環で参加していた彼は、あの場で女性を口説く気がなかったに違いない。だから、誰の連絡先も聞かなかった。それなのに、惨めな美月を気の毒に思って、わざわざ連絡先を聞き、こうしてデートまでしてくれているのだ。

彼の目に映っていた自分の姿を想像して、美月は切なく微笑む。

「榎波さんは仕事で来てたのに、気を遣わせちゃいましたね」

優斗は、こちらが勝手にしたことだから気にする必要はないと優しい笑顔を向けてくる。

「今は仕事が忙しくて特定の恋人を作る気もないし、俺でよかったらこれからも時々デートに誘わせて」

目の前の理想の王子様は、これからもこうやって美月をデートに誘うと言いながら、恋愛をする気はないと断言してくる。

「榎波さんの優しさは、残酷です」

思わず漏れてしまった美月の言葉に、優斗が驚いた様子で目を見開く。その表情を見ると、彼に美月を傷付ける意図はなかったとわかる。

きっと優斗は、可哀想な美月を見るに見かねて優しくしてくれているだけなのだ。

恋愛経験のない美月が舞い上がっちゃう……街コンの日に、舞子にそんなことを言われたけど、まったくもってそのとおりだ。

王子様のエスコートに舞い上がり、身の程を忘れてどこか期待していた自分を、恥ずかしく思う。

それと同時に、思い知らされたことがあった。

「ごめん。君を傷付けるつもりはなかったんだ」

眉尻を下げ、悲しそうな顔をする優斗に、美月は首を縦に動かした後で横に振る。

「私が傷付いているのは、自分の傲慢さに気付いてしまったからです」

「……？」

不思議そうに首をかしげる優斗に、美月は強くカップを握りしめて話す。

「私は、榎波さんがどんな人かきちんと考えることなく、ただ貴方の優しい態度に自分の都合のいい理想を重ねていたんです」

勝手に期待して、勝手に傷付いて、ごめんなさいと、美月は深く頭を下げて続ける。

「舞子の言うとおりです。モテない私は、榎波さんに優しくされて舞い上がっていました。ずっと夢見ていた理想のシチュエーションに期待して、榎波さんが自分の理想どおりじゃなかったからって傷付いて……それって、榎波さんに対してすごく失礼なことでしたね」

優斗に出会うことなく、少女漫画を読んで夢を見ているだけだったら気付くことのなかった傲慢さだ。

いつか素敵な恋がしたいと夢見てきたけど、結局それは、自分だけに都合のいい妄想でしかなかったのだろう。

こんな自分に、優斗は優しくしてくれて、時間まで割いてくれたのに、なにも返せるものがなくて申し訳なく思う。

そう伝えると、優斗が困ったように首筋を掻く。

「別に俺は失礼だなんて思わないし、美月ちゃんになにかを返してほしいとも思ってないよ。なんとなく気の毒になって声をかけただけだし」

たとえ同情でも、こうして時々、優斗とデートができるだけで、美月の自尊心は満たされるかもしれないけど……

「そこまでなにも期待されないのも寂しいですよ。一緒にいるのに、なにも期待してもらえないなんて、優しく拒絶されているようなものですから」

「ごめん。本当にそんなつもりは……」

謝ろうとする優斗に、美月が首を横に振る。

「悪いのは、なんの期待も抱かせられない私です。なにも返せないくせに、誰かに与えてもらうことばかり考えてました」

ずっと夢見ていたシンデレラストーリーは、冴えない女の子の本当の魅力に、王子様が気付いてくれるというものだった。

でも実際にその状況に置かれてみれば、なんの魅力もない自分が恥ずかしくなる。こんなデートを望んでいたわけじゃないと、美月はそっと首を振った。

「きっと、デートや恋は、もっとフェアな関係を築ける人とするものなんです」

「フェア……か、考えたこともなかった」

美月は、デートやその先にある男女の営み(いとな)は、愛情や信頼のある人と行うものだと思っていた。でも優斗にとっては、誰とでも気軽にできるものなのかもしれない。

「じゃあ、榎波さんに本当に好きな人ができた時に、考えてみてください。せっかく好きで一緒にいるのに、榎波さんからなにも求めてもらえなかったら、その人は寂しい思いをするかもしれません。好きな人が寂しいと、きっと榎波さんも寂しくなると思うから」

美月は静かに立ち上がり、無言で見つめる優斗にお辞儀をした。

「今日はすごく楽しかったです。私の人生では、二度とないようなお姫様気分を味わわせてもらいました。榎波さんのおかげで気付けたことがいっぱいあったし、感謝しています」

それだけ言うと、美月はそのまま優斗に背を向けて歩き出した。

一瞬出遅れた優斗が追いかけてきて送ると申し出てくれたが、美月はそれを丁重に断り、一人で帰った。

駅まで歩き電車に乗ってから、着替えた服を彼の車に載せたままだったことを思い出す。けれど、もう会うこともないだろうと諦める。

そしてバッグと一緒に持ってきてしまった紙袋の中を確かめた。

自分が恥ずかしくて、随分早足で歩いてしまったが、紙袋の中の鉢植えは無事だった。

鉢植えやら服やら、今日一日で彼に随分お金を使わせてしまった。

お詫びというわけではないけど、この鉢植えはきちんと育てようと心に誓う。それと共に、もしこの先恋をするなら、ちゃんと相手とフェアな関係を築ける自分になってからにしようと思った。

どうしてこんな自分を……と、卑下（ひげ）することのない自分になりたい。

そのために自分はなにをすればいいのだろうか。

考えを巡（めぐ）らせながら、美月は瞼（まぶた）を閉じて電車に揺られるのだった。

◇　◇　◇

美月と別れ自宅へ戻った優斗は、近付いてくる足音を耳にしながら玄関で靴を脱いだ。

「優斗様、お早いお帰りでしたね。夕食を召し上がってから帰ると、伺っておりましたが」

「少し予定が変わった。悪いけど、夕飯を用意してもらえないか？」

子供の頃から長年通いの家政婦として勤めてくれている鹿島（かしま）が、それを断らないことは承知している。

「急いで用意いたしますね」

嬉しそうに返した鹿島は、当然のように優斗の荷物を受け取ろうとする。だが、それを断り、優斗はそのままリビングへ向かった。

国内有数の建築会社の代表の住まいとして恥ずかしくないようにと建てられた我が家は、外観は純和風の造りをしているが、中は板張りの洋間が大半を占めている。

しかしその板張りは、一般的なフローリング材ではなく檜を使用しており、和モダンといった印象だ。

「戻りました」

木目の美しいドアを開けると、微かにオーケストラの音色が聞こえてくる。これはおそらく、ワーグナーだろう。

優斗の声に反応し、リビングのソファーで読書をしていた父の浩太郎がこちらに視線を向けた。

「早かったな」

痩せている分、頬の皺が目立つが、企業のトップとして建築業界の第一線で働く男にとってその皺は、老いの象徴というより、風格として作用している。

猛禽類を思わせる鋭い眼差しは、さすがカンナミ建設の社長といいたくなる迫力があった。

血気盛んな建築業界の面々を統轄し、指揮を執り、カンナミに浩太郎ありと言わしめるだけのオーラが溢れ出ている。

カンナミ建設の一社員でしかない優斗にとって雲の上の存在である榎波浩太郎が、家に帰れば父親という状況は、何年経っても慣れないものだ。ちなみにグループ総帥は、祖父が務めている。

「予定が変更になって。……車、借りました」

今日、使った車の鍵を軽く揺らしてみせてから、壁際のサイドボードの籠(かご)に入れた。籠(かご)の中には、他にも高級車の鍵が四つ入っている。

この家に住む家族は、旅行ばかりしている姉を入れて大人四人。そのうち専業主婦の母は、生まれてこの方、車の運転をしたことがないので頭数に入れるべきではないだろう。

「お前のために買った車だ。普段からもっと使えばいい」

父の声が少し不満げなのは、優斗がよほどの時以外、せっかく買い与えた車を使おうとしないからだろう。

社会勉強のため一社員として働けと命じておきながら、過剰に物を与えてくる矛盾。

母の意向で一人暮らしが認められず、給料は全額小遣いにしろと家賃や生活費を負担することもなく、家政婦つきの実家で暮らしている。

そうして父親の庇護下(ひごか)で数年下積みをした後、後継者として順当な出世コースを歩むことが決まっていた。

それが周知の事実であるため、肩書きを持たずに一般社員として働く優斗の姿は滑稽(こっけい)で、努力は上辺だけと受け取られてしまう状況だ。

一部の社員の冷めた視線を思い出し、優斗は薄く笑う。

なまじ整った外見のせいもあり、優斗がどんなに真面目に仕事に取り組んでも、ちゃらちゃらした御曹司が適当に仕事をしていると思っている奴は、数え切れないほどいる。

目の前の階段を最上階まで上りきるという野心がある以上、親の愛情も周囲のやっかみも、自分の未来のために全て受け入れるだけだ。

自分の血筋がどうであれ、望む未来を手に入れる自信はある。

それだけの能力があると自負しているし、そのための努力もしてきた。

「……そうだ、これ」

そういえば……と、優斗は手にしていた荷物の中から紙袋を一つ、浩太郎へと持っていく。

「なんだ？」

差し出された袋を、浩太郎が怪訝な顔をして受け取った。袋の中には、並ばないと買えない店のタルトが入っている。

フルーツがふんだんに使われているので、さほど甘党でない浩太郎も気に入りそうだと買ってきたのだ。

「お土産。美味しいらしいから並んで買ってきた」

どうせなら、浩太郎が普段口にしないものをと思い選択した。

「金は自分のために使えばいい。たいして給料ももらっていないのだから」

難しい顔をして、浩太郎が言う。

「社員が聞いたら怒るよ」

父は冗談のつもりで言ったのだろう。優斗が苦笑いすると、浩太郎も静かに笑う。

その笑顔に、優斗の苦笑が穏やかな笑みへ変わる。

「自分のために、たまにはそういう使い方をしたかったんだ」

与えることに慣れている浩太郎は、困った表情で土産（みやげ）の紙袋を持っていた。

ただ親子なので、その表情を見れば喜んでいることはわかる。

父を見て育った自分は、強者は強者ゆえに、弱者に与えることが当然と思っていた。だがその恵まれた環境ゆえに、周囲へ感謝することの大切さを忘れていたのだと気付かされた。

「じゃあ、部屋で少し考え事をしたいから」

浩太郎が鹿島を呼び、タルトを食後のデザートに出すようにと指示するついでに、優斗は食事まで声をかけないでほしいと告げて自分の部屋へ引き上げた。

広い廊下を歩く優斗は、自分の手の中に残るもう一つの紙袋の中を見る。

脳裏に浮かぶのは、己の自尊心を守るためでなく、優斗のために意見を述べた美月の姿だ。こちらの傲慢な思い上がりを責めることなく、逆にお礼を言って彼女は丁寧に頭を下げた。

その姿は儚（はかな）げでありながら、凛（りん）とした美しさがあった。

最初に街コンで美月に声をかけたのは、見るからに世間ズレしていない彼女が、友達や性格の悪そうな男にいいように利用され貶められているのを気の毒に思ったからだ。

昔の優斗なら、周囲の男たち同様、彼女の友人の方に声をかけていただろう。それは友人の方が好みというより、ああいう華やかでプライドの高そうな女性の方が、扱いが楽だと知っているからにすぎない。

優斗にとって、付き合う相手は誰でもいい。

強いて条件を挙げるとするならば、仕事の邪魔をしないことくらいだ。

優斗にとって、恋愛なんてその程度のものだった。

二十代の頃はそれなりに色々な女性と付き合ったが、三十になり快楽と一時の情熱を楽しむ遊戯にもさすがに飽きた。そんな今だからこそ、純粋な善意として美月に声をかける気になったのだと思う。

美月の第一印象は、可愛いが野暮ったいというものだった。

ハッキリした二重の目はつり目がちだが、ふっくらとした頬のラインのおかげできつい印象はなく、色白の柔らかそうな肌と癖のない長い髪と相まって清楚な女性らしさを感じた。

素材は悪くないのに、勿体ないと思ったほどだ。

だが今日、精一杯のお洒落をして待ち合わせ場所に現れた彼女は、最初の時よりずっと可愛くなっていたし、自分のことを生き生きと話す彼女は、見ていて飽きない。

そのうち、気分転換もかねて、彼女を時々食事に誘うのも悪くないと思うようになっていた。

もちろん、ああいう恋に不慣れな女性に手を出すと厄介だと承知しているので、最初から彼女と付き合うつもりはなかった。

その代わりと言ってはなんだが、女性の好む理想の王子様を演じて、美月の自尊心を満たしてやればいい。

自分としては、悪くない付き合い方だと思っていた。

しかし、そんな自分の傲慢さが、彼女を傷付けてしまうとは……

「悪かった」

届かないと知りつつも、手元の鉢に向かって謝罪を口にする。

あの時、美月を追いかけ、無理にでも彼女を送れば、こんな胸の痛みを抱えることはなかったのだろうか。

これまで戯(たわむ)れのような恋愛しかしてこなかった自分を、今さらながらに情けなく思った。

3　恋をするには

七月の街を歩きオフィスの入っているビルのエレベーターに乗り込んだ美月は、汗で首筋に纏(まと)わり付く髪を手櫛(てぐし)で整えた。

暦の上ではすっかり夏だが、未だ梅雨を引きずったような雨の日が続き、今日のように突然晴れると湿度が高くなって困る。

エレベーターが五階で停まり、美月の勤める写陽印刷のオフィスへ入っていく。

写陽印刷は社員数三十人程度の会社で、一般的な折り込み広告から、お堅い企業パンフレットまで様々な印刷物を手掛けている。

印刷会社と言っても、ただ依頼された品を頼まれた数印刷するだけの仕事ではなく、デザインの企画提案の段階から請け負っている。

「ソウマ園芸の壮馬さん、こちらの提案どおりでいいそうです」

オフィスに入るなりそう声をかける。その声が弾んでしまうのは、自分の企画が相手に気に入られ、そのまま採用された喜びからだ。

「そう。よかったじゃない」

美月の報告に素っ気ない返事をしたのは、デザイン企画部チーフの辻村純子だ。

「ええ、あれ通ったの。……絶対に却下されると思ってたのに」

そう言って顔を顰めるのは、もうじき産休に入る先輩の服部梨花で、同意を求めるように膨らんだ自分のお腹を擦る。

「守りに入ってない発想でよかったじゃない」

そう返す辻村は、不満げな視線を服部に向けた。正しくは服部の左手薬指に光るものや、膨らんでいくお腹にだが。

美月が打ち合わせ用の広いテーブルに企画の資料を広げると、それを確認しに来た服部が、同じく資料を確認しに来た辻村の挑発的な視線を受けて立った。

「確かに多肉植物って、可愛いよね。私も産休に入ったら寄せ植えに挑戦してみようかな。お腹の子の情操教育にもなりそうだし」

服部は、四十代後半の今まで独身を貫き仕事に励(はげ)んできた辻村が、デザイン企画部のチーフに抜擢された途端、妊娠と結婚を発表し、定時で帰れる部署への異動を申し出た。

そうした服部の言動を受け、辻村が服部を「無責任」と詰(なじ)り始めたのがゴールデンウィーク直前のこと。服部も服部で、辻村に対して「結婚できなかった女の僻(ひが)み」と陰口をたたいているからどっちもどっちだ。

美月としては、生き方は人それぞれなのでどちらの意見にも賛同するつもりはないが、日々険悪になっていく二人の緊張緩和のため、現在営業からデザイン企画部への一時的な出向を命じられている。

名目としては、服部の体調が整うまでの補助要員という扱いだ。

その手始めとして、美月はゴールデンウィーク明けのデザイン会議に参加させられた。その打ち合わせ相手が、たまたま多肉植物の販売にも力を入れている園芸店で、ちょうど多肉植物を世話し始めたばかりの美月があれこれ質問したことがきっかけとなり、本来の広告依頼とは別に、多肉植物初心者向けの簡単な冊子作りを依頼されたのだ。

それから二ヶ月後。再びその園芸店から夏期休暇に向けて、消費者ニーズを捉えた広告の相談を受けた。そして、美月にその企画が任されたのだった。

「多肉植物って、育て方を間違えると、なかなか悲惨ね」

資料に添えられた写真を見ながら、辻村が言う。

近くにいた営業の男性スタッフが、二枚の写真を見比べて首をかしげた。

「悲惨というか、前衛アート？　多肉植物って、放っておくと、かなり奔放な伸び方をするな」

彼が見比べている写真には、可愛く寄せ植えされた多肉植物の鉢と、その後、やみくもに水と肥料をあげた結果の鉢の状態が収められている。

「我が家の多肉も、今頑張って修正中です」

同じ写真を見ながら、美月が苦笑いを浮かべた。

多肉植物は乾燥地で生き抜くために保水力が高く、生命力が強い。それゆえ、あまり手間がかからず育てやすい反面、水と肥料を与えすぎると、ハンパない勢いで成長してしまうのだ。

そこで美月は、既に購入している人に向けて、育ちすぎて収拾のつかなくなった鉢の扱い方について、アドバイスをまとめた冊子を前回の続きとして作ってはどうかと提案した。

せっかく可愛く植えられた多肉植物も、一つの鉢の中で枯れるもの、茎が恐ろしい勢いで伸びていくものと様々で、見た目のバランスが悪くなってしまう。

そうした多肉植物の疑問や問題を抱えた初心者に、鉢の植え替え方法や、間引きの仕方をわかりやすく説明することで、新たに鉢や苗の購入に繋げられるのではないかと考えたのだ。

ちなみに最初の打ち合わせの時、流れで自分の育てている鉢の写真を見せたところ「初心者で根腐れさせていないだけまし」と、慰め(なぐさ)の言葉のついでにアドバイスをいただいた。

どうやら自分が選んだ鉢には、初心者には世話のしにくい品種が含まれていたらしい。だが、知識がなければ、そうしたことにすら気付けない。

美月のその躓(つまず)きは、初心者なら誰もが体験することではないかと思い、壮馬に提案してみたのだった。

「和倉さん、最近変わったわね」

美月が壮馬と詰めてきた内容を確認しながら、辻村が口を開く。

「そうですか?」

「うん。雰囲気も変わったけど、なにか芯のようなものができて、人の言葉を鵜呑(うの)みにしなくなった。芯のない人の言葉は熱がなくて、誰の心にも響かないのよ。そういう人に、責任のある仕事は任せられないから」

視線を資料に向けたまま辻村が言う。

つねにピリピリした空気を纏(まと)う彼女から、お褒(ほ)めの言葉をもらうのはとても珍しい。

半分は服部に対する当てつけかもしれないけど、辻村に認めてもらえたことが嬉しかった。

思わず微笑んだ美月は、参考資料として使った自分の鉢植えの写真を見つめる。

「私、どうせ自分なんてって、簡単に物事を諦めてしまうのをやめたんです。自分で無理だって決めつけている人間に、期待してくれる人なんていないですから。だから精一杯努力して、いつか、人からなにかを期待してもらえる人間になりたいんです」

優斗とのデートで、美月はたくさんのことを学ばせてもらった。

いつか王子様が……なんてことを夢見ていた自分は、結局のところ、自分で努力することなく誰かになにかを与えてもらうことを期待していただけなのだ。

そんな自分では駄目だと気付かされ、まずは自分が誰かのためにできることはないかと考えるようになった。それだけで、急に世界が明るくなった気がする。

「そう。期待してる」

辻村の声には感情がこもっておらず、ただの社交辞令のようにも聞こえる。

でも自分なりに変わりたいと努力してきた美月としては、小さな勲章(くんしょう)をもらったような気分だ。

「頑張ります」

辻村の言葉に喜びを噛みしめ、美月は返した。

「榎波君、なに読んでるの？」

「すまん」

商談に訪れた店の軒先で店長がくるのを待つ間、レジ脇に置かれていた冊子を読みふけっていた優斗は、涼に声をかけられ、それを元の位置に戻した。

「ご自由にどうぞな感じだし、面白いならもらってけば？」

普段から気ままな振る舞いの目立つ涼は、せっかく優斗が戻した冊子を手に取り、パラパラと捲っていく。

葉書サイズの小さな冊子は、十ページにも満たない短いものだ。色鉛筆タッチのイラストを多用した明るいデザインで、多肉植物を育てるにあたっての基礎知識が記されている。

続きが気になった優斗は、つい涼の捲る冊子を覗き込んでしまう。すると、店の外から人が入ってくる気配がして、快活な男性の声が聞こえた。

「お待たせしました」

その声に振り向くと、よく日焼けした同世代の男性が立っていた。

「はじめまして。カンナミ建設の榎波と申します」

髪にブリーチを入れ、少し長めのもみあげと顎髭を生やしたその男性は、野性味のある男前といった印象だ。

事前のリサーチによると、女性人気の高い店ということだが、店長の魅力もその要因の一つだろう。

「ソウマ園芸の壮馬です」

差し出された手を握ると、乾燥して硬い手のひらをしていた。建築業とはいえデスクワーク中心の自分とはまったく違う生き方をしている手だ。

「同じく、カンナミ建設の宮島です」

優斗の手を離した壮馬は、次に涼と握手を交わす。そしてそのまま二人を奥に案内しようとするが、涼の持っていた冊子を見て口角を上げた。

「それ、よかったらどうぞ。試しに作ったら、予想以上に好評で」

「とてもわかりやすい内容ですね。うちにも多肉植物の鉢があるので、勉強になります」

会話のとっかかりとして発した優斗の言葉に、壮馬がわかりやすく反応する。

「なん鉢くらい育ててます？」

「すみません、一鉢だけです」

「自制心がありますね」

壮馬は真剣に驚いているが、優斗からすれば、自制心があるのではなく、そこまで多肉植物に興味がないだけだ。

　優斗の部屋にある鉢は、美月にもらったものだから、なんとなく枯(か)らさないように気を付けている程度のものだった。

　だから、先頭を歩く壮馬に、鉢に植わっている種類について聞かれても、曖昧(あいまい)な答えになってしまう。それを隣で聞いていた涼は、持っていた冊子を、澄ました顔で優斗の鞄に突っ込んできた。

　壮馬に通された部屋は、コンクリート打ちっ放しのやたらと広い事務所だった。仕事に使っているらしいデスクは部屋の隅に押しやられ、多少(たしょう)の傷がいい味わいになっている木製の大きなテーブルが中央を陣取っている。

「ネット配信で販売会をする際の画像を、ここで撮ってるんです」

　優斗の視線に気付いた壮馬が言う。

　言われてみれば、部屋の隅には照明器具が置かれ、棚には多肉植物の鉢が並べられている。

「なるほど……」

　二人に適当に座ってくれと言って、壮馬は部屋の隅にあるサーバーでコーヒーを淹れる。

　それを待つ間、優斗はさっき涼に鞄に突っ込まれた冊子を取り出した。

「それ、気に入った？　なかなかいいでしょ」

　トレイに紙コップを三つ載せた壮馬が、優斗の手元に視線を向ける。

「最初はチラシだけ作るつもりだったんだけど、担当してくれた子が多肉植物初心者で、あれこれ話しているうちに初心者向けの冊子を作ることになったんだ。そうしたらこれが評判よくて、せっかくだから第二弾も作ることにした」

飲み物を配る壮馬の話に頷いて、優斗は冊子をぺらぺらと捲(めく)る。

可愛いタッチのイラストとフォントを利用しているところから、女性ウケを狙っているとわかる。

「うちにある鉢と同じ植物について書かれているので、参考になります」

「へえ……。冊子の植物、その担当の子が育ててる多肉植物でまとめたんだけど、そんな偶然もあるんですね」

「同じ店で買ったのかな？　珍しい品種なんですか？」

この鉢を買ったのは、女性ウケを強く意識したことで成功している店だ。

壮馬の口調からして、担当は若い女性なのだろう。だとすれば同じ店で購入した可能性はある。

そう納得しつつも、心の底では万に一つの、奇跡的な可能性について考えてしまう。

トレイをかたわらに置き椅子に座った壮馬が、眉をひそめて頬を掻く。

「珍しい品種……というより、水が好きな品種と、乾燥が好きな品種を一緒に植えてて育てにくい。ようは買い手に優しくない植え方をしているんだ。植物を消耗品と考え、枯(か)らしたら新しい鉢を買えばいいと思っているのが透けて見えてる」

見映え重視のバランスの悪い植え方に、その店の程度がわかると、壮馬は独り言のように不満を口にする。

建物はカンナミの仕事だが、細かい経営方針まではタッチしていないのでそこまで意識したことがなかった。

「そんな寄せ植え、俺なら絶対買わないけど、知らない人は買ってしまう。ウチには関係ないし、買った奴が無知だったと切り捨てるのは簡単だ。だけど、打ち合わせに来た子に、よそで失敗した人に適切なアドバイスをすることで新しい顧客獲得に繋がるし、多肉植物の普及にも繋がるんじゃないかと提案されたんだ」

「なるほど」

買い物に失敗したと諦めさせるのではなく、アフターフォローをすることで、新しい顧客の取り込みに繋げる。

そう呟く優斗は、ついでといった感じで聞いてみる。

「どんな子なんですか？」

「担当の子？　楽をするために、正しいことを言わない子。だからまた仕事がしたいと思って、第二弾も作ることにした」

「楽をするために、正しいことを言わないとは？」

おとなしく話を聞いていた涼が口を挟む。

そちらへと視線を向ける壮馬は、担当の子に納期のごり押しをした際、「上に掛け合ってなんとかします。だけどこれが正しいやり方だとは思わないでください」と、釘を刺されたのだという。

「後でさりげなくその子の会社の人間に聞いたら、『自分が勉強不足で、納期を間違えた』って上に謝って調整してもらってたらしい。無理なものを無理って突っぱねることも、無理を通して恩を着せることもしない。そういうの、カッコイイよな。だからその子を指名して仕事を任せることにした」

そんな話を聞きながら、手元の冊子に目を通す。

正式な出版物ではないので、印刷した会社名も、編集した社員の名前もどこにも載ってない。それでも「楽をするために、正しいことを言わない」という一言に、どうしても彼女の顔が思い浮かぶ。だがそこで、壮馬のパンッと軽く手を叩いた音に思考が切り替わる。

さっきまでより表情を引き締めた壮馬の顔を見れば、雑談はこのくらいで本題に入ろうとしているのだとわかった。

優斗と涼も居住まいを正すと、壮馬が先制パンチのごとく問いかける。

「多肉植物は生花と違って日持ちがするので、うちは全国規模での販売を進めてます。ネットが盛んなこの時代、高いテナント料を払ってまで新規店舗を出すメリットってなんですか？　東京の一等地で店を持てば、海外の顧客も持てるようになるとか？」

「それも……」

と、口を開きかける涼の動きを制して、優斗が言う。

「根がある植物の輸出は、税関での手続きに手間がかかるのでは？　寄せ植えのセンスを売りにしている園芸店としての収支で考えると、採算が難しいのではないですか？」

優斗の切り返しに、壮馬が小さく笑う。

どうやら初手としては、間違ってなかったらしい。

壮馬という男は、気さくな語り口で話を進めながら、相手の知識や性格を見極めていくタイプのようだ。

年は確か、自分より三つほど上だったはず。もとは農家の息子で、生花の卸(おろし)市場で人脈と開店資金を貯めてソウマ園芸を開業した。近年、実家の土地の一部を利用してオリジナル交配の多肉植物の栽培を始め、それをヒットさせている。

園芸店というから、もう少しのんびりした商売をしているのかと思ったが、なかなかの切れ者があえて園芸店と名乗っているということか。

これは心してかからねばと気を引き締め、優斗と涼は目配せをし合った。

「弊社が出資している期間限定の商業施設が年末を区切りにリニューアルして、半年後、新たな期間限定ショップで再オープンします。施設内にある既存の植物はなるべく生かしたまま、歩道や店舗を作り替えて、テナントも一新します。そこに、是非ソウマ園芸さんにご出店いただけないかと……」

そう話しながら、涼が既存の商業施設の地図と小冊子を広げる。そこは、以前、美月と出会った街コンが開催された場所だ。

「レストランはそのままで？」

壮馬は、施設の隣にあるレストランの場所を指で叩く。

「ええ。併設されていますが、そこは商業施設の敷地内に含まれていませんので」

「でも、箱物はカンナミさんのものだし、運営にもかなりの額を出資されていますよね。そこは変えず、隣接した施設のテナントだけを入れ替えることで、レストランの顧客の新陳代謝も図る。……レストランのオーナーシェフが、カンナミの会長さんの隠し子というのは本当ですか？」

そう問いかける壮馬の目は、先ほどから優斗だけを捉えている。

壮馬の言うカンナミグループの会長とは、優斗の祖父のことだ。彼の挑発的な口調と眼差しから、優斗の素性を既に承知しているのだろう。

苗字と社名が違うのは、江戸時代から続く屋号をそのまま社名にしているからであり、少し調べれば優斗の素性は簡単にわかることだ。

それでも店舗の出店を持ち掛けただけで、事前にそこまで調べておく人は珍しい。

「そのような話は初耳です。それにあのレストランのオーナーシェフに、東洋人の血が入っているとは思えませんが？」

オーナーシェフは、金髪碧眼のフランス人だ。

優斗の返しに、壮馬が涼しい顔で「知ってます。貴方はどう見ても日本人だし」と返す。なかなか食えない御仁（ごじん）だ。

「期間限定のテナントのため、賃料は都内の一等地としては悪くない。同時期に入る他のテナントも、自然派志向の店が多くイメージも悪くない。カンナミさんが出資しているのであれば、マスコミとのタイアップもしっかりしているはずだから、新たな顧客獲得にも繋がる……」

壮馬は、涼と優斗が提示した資料を眺め、頭の中でソロバンを弾いているようだ。

「ソウマ園芸さんには是非とも出店していただきたく思い、最大限の配慮をさせていただいたつもりです」

自分が垂らした釣り糸に早く食いついて欲しいと、涼が愛想よく口にする。

「光栄です」

こちらとしては、どうしてもソウマ園芸に出店してほしい事情がある。必死に提案書と壮馬の顔を見比べている涼に、壮馬が食えない笑顔で尋ねてきた。

「そもそも、なんでこのタイミングでウチなんですか？　本命の三浦（みうら）さんのところが転んで、急遽穴埋め先を探してるんですか？」

「……っ」

壮馬の発言に、思わずといった感じで涼の頬が痙攣（けいれん）する。

それを見て、優斗はそっと眼鏡のフレームを押さえた。

壮馬の言う三浦とは、壮馬の同業者で、どんなに珍しい品種の植物でも、人脈を駆使して必ず仕入れてくると、学者の間で高く評価されている御仁だ。テレビに取り上げられることも多く、彼が代表をしている植物店は、知名度が高く業績もかなりのものだった。

当初、リニューアル後の商業施設には、三浦の店が出店する予定だった。全ての根回しを済ませ、後は情報解禁を待つだけという矢先、三浦が国際条約で保護が求められている希少種を密輸入し、愛好家に高値で販売して荒稼ぎをしていたことが発覚したのだ。

もちろんカンナミとしては、そんな業者を出店させるわけにはいかない。しかし、都会のオアシスをコンセプトに掲げている商業施設としては、植物関連には話題性のある店舗を置きたい。

それで急ぎ新たなテナントの選定を任された優斗と涼が目を付けたのが、このソウマ園芸だった。

「俺、昔から、三浦さんが大っ嫌いなんです。そんな人の手垢がついた椅子に、喜んで座るわけないじゃないですか」

満面の笑みでそう言った壮馬は、商業施設の地図を指で叩きながら続ける。

「でも条件次第では、前向きに検討させていただきますよ」

遠慮のない壮馬の言葉に、涼の頬が再度痙攣する。

だが優斗としては、なんの交渉もせず、与えられた条件ですぐに満足する商売人より、情報収集をした上で、きちんと条件のすり合わせをしてくる者の方が信頼できるし、話していて面白い。

「では、壮馬さんが希望される条件を教えていただけますか」

一応……というのは失礼だが、この商談は涼が主導して進めることになっている。

だが、このままでは話が進まなそうなので優斗が口を挟むと、壮馬の口角がわかりやすく上がった。

どうやら彼は、最初から優斗と話し合うつもりでいたらしい。

優斗の素性について既に承知している壮馬が、もし無理難題を押しつけてくるようだったら、その時はソウマ園芸を切り捨てればいい。

だがおそらく、この人はその辺の匙（さじ）加減を見誤ることはないだろう。

それに、優斗の中には、この男と仕事をしてみたいという気持ちがあった。

そんなことを考えつつ、優斗は壮馬の話に耳を傾けた。

「やられたな、宮島。焦りが顔に出てたもんな」

帰りの電車でつり革にぶら下がりブスくれる涼に、優斗が言う。

もともと、三浦との話を率先して進めていたのは涼だったので、この件にはかなり責任を感じていたようだ。そのため、ソウマ園芸に逃げられたくないという焦りから、自分の権限で許されている交渉のカードを全て先に提示してしまった。

「榎波君、ムカつく」

涼が、チラリとこちらを見て悪態をつく。

優斗の素性を承知で媚（こ）びることも僻（ひが）むこともなく普通に接してくれるこの同僚は、気を許した相手に対して少々大人げないのが玉に瑕だ。

そんな同僚に苦笑しつつ、優斗が返す。

「まあ、すぐにいい返事がもらえるとは思ってなかったし、数回のディスカッションは想定内だろう。帰ったら上に報告して、壮馬さんの希望を折込んだ資料を作り直すとしよう」

壮馬が提示した条件は、さほど無茶なものではなかった。

当初の予定では、リニューアルに際しての樹木のレイアウトやそれに伴う植え替えを三浦の店に任せる予定だった。出店だけでなく、そちらの件も自分に任せて欲しいというのが、壮馬の主な要望の内容だ。その代わり、大嫌いな三浦を悔しがらせるだけの仕事をすると請け合っていたので、それは悪くない話だ。

優斗の素性を承知しているにしては、控え目であり、自分を一社員として扱った範囲内での交渉と言える。

「僕、この前ナンパした子と、今夜はデートなんですけど。ただでさえやることだらけだし」

三浦の店の起用が見送りとなり、その代替え店として壮馬を起用する案を聞きつけた一部の幹部が、商業施設のリニューアル内容自体に難色を示しだした。

そこまでして、緑の豊かさにこだわる意味がない。木々を排除してテナント数を含め最初から全て選定し直すべきだ、などと騒いでいる。

企業イメージを本気で心配しての提言であれば、見当違いな意見でも一応は耳を傾ける。だが彼らの場合、今回の交渉を任されているのが優斗であることを知り、足を引っ張るために横槍を入れているだけとわかっているから面倒だ。

リニューアルオープンまで一年。他のテナントの選定も終わり、公表目前のこのタイミングで全てを白紙に戻せるわけがない。

その方がよっぽど企業イメージが悪いし、その責任を取る覚悟もないのが透けて見えるから腹立たしい限りだ。散々難癖を付け引っ掻き回した後、やっぱり時間がないので現在の案でいこうと言い出すのが目に見えている。

「悪いな」

涼にとっては、とばっちりもいいところだろう。

詫びる優斗に肩をすくめ、涼が冗談めかした口調で言う。

「そう思うなら、榎波君が権力使って古狸を黙らせてくれる？　そういうの、水戸黄門の印籠みたいで爽快じゃない」

「親の権力を使わなきゃ、周囲を黙らせることもできない……そんな小物で終わる気はないよ」

優斗の返答に、涼は声なく笑う。

「そういう性格、悪くないよ。……いいさ、仕事を頑張る男って、モテそうだから付き合ってやるよ」

優斗が創業者一族の者であることを理解した上で、利用するでもなく協力してくれる存在はありがたい。

「それに、どうせ榎波君と一緒に仕事するのは、あと少しだろうしね」

涼はお見通しとでも言いたげに、肩をすくめる。

まだ内密の話ではあるが、噂程度には、優斗が今回の商業施設のリニューアルで功績を上げれば役職を与えられるのではないか……という話が広まっている。

実際のところ、上層部において、既にそれは決定事項であり、リニューアルが終われば功績など関係なく役職を与えられることになっている。

だからこそ優斗としては、出来レースの出世コースを実力で勝ち取ったのだと印象付けるため、今回の件に手を抜くことはできない。

「資料は、俺が作っとくよ」

感謝の念を込めて優斗が返すと、涼の顔がわかりやすく輝いた。

「ありがとう。その代わり、今度可愛い子が集まる合コンに誘うから」

この単純さは愛すべき性格だが、お礼が女子を紹介することや、女性のいる場所で親しくなるためのアシストをすることだという考えは、そろそろ改めてもらいたい。

「遠慮しとく」

間髪（かんはつ）を容（い）れずに断る優斗に、不満げな視線を向けた涼は、ふと思い出したように尋ねる。

「そういえば、前に街コンで連絡先を聞いてた、あの箸（はし）休めみたいな子とはどうなった？」

「ああ……」

涼の言う「箸休めみたいな子」とは、美月のことだ。

街コンの日、友達には引き立て役に利用され、男性陣からは話を弾ませる材料として扱われている彼女を見て、涼がそう称したのだ。

「一回デートに誘って、それっきりだよ」

ことさら冷めた口調で返してしまうのは、美月のことに触れてほしくないからだ。

最初は同情に近い感情だった。

友達にいいように利用され、泣き出しそうな彼女を気の毒に思い、救いの手を差し伸べたつもりだった。なのにその優しさはただの思い上がりで、いたずらに彼女を傷付ける結果に終わった。

あの日以来、親切心を履き違えていた己をどれほど悔やんだことか。

過去、恋人と別れた際にも、こんなに後悔したことはなかったのにと考えてから、今までの恋人と真剣に向き合っていなかっただけだと気付いた。

彼女と交わした言葉を何度も反芻するうちに、もっと色々なことを彼女と話してみたかったと思うようになった。

美月との会話には、優斗の心の深い場所に刺さるなにかがあったのだ。

「ああいう遊び慣れてないタイプの子は、一回で飽きるよな」

涼がなにを想像しているか知らないが、美月との交流が途絶えたのは彼女に飽きたからではない。

こちらは与えてやる側と尊大に構え、相手を尊重する気持ちに欠けていた。そんな自分が恥ずかしくて、彼女に合わせる顔がない。

だからといって、このままなかったことにして忘れることもできなかった。

困ったものだと涼に視線を向けると、会話が途切れたことでスマホをいじり始めている。

チラリと画面を覗き見れば、女の子とメッセージをやり取りしているようだった。

「……宮島は、自分をフッた相手に連絡することはある？」

参考までにと聞いてみると、ハート満載のメッセージを送っていた涼が不思議そうな顔をしてこちらを見た。

「仕事にデートに、新しい女の子の開拓にと忙しいのに、僕に興味のない女の子にわざわざ連絡を取るなんて非効率的なことしないよ。可愛い女の子はいっぱいいるんだ。誰か一人に固執するなんて、時間の無駄だろ」

情熱に欠ける淡泊な関係だとしても、付き合う時は一人の女性としか関係を持たない優斗と違い、常に不特定多数の女性と関係を楽しむ涼らしい意見だ。

誰でもいい誰かで満足できるうちは、決して自分は傷付かない。

「なるほど。ある意味無敵だな」

相手に深く執着することなく、一時の戯れを楽しむだけの関係は、無責任で気楽だ。

優斗の言葉に、涼は細い目をニンマリとさらに細める。

聞く相手を間違えたと嘆息したが、少し前の自分も似たような考えだったと思い出す。

消化しきれない思いを持て余す優斗に、メッセージのやり取りをしながら涼が告げる。

「出会いなんてさぁ、そもそもが運であり、運命なんだよ。袖振り合うも多生の縁？　……自分のもとを去って行く子とは、その程度の縁であり運命なんだって割り切って、本物の運命の子を探しに行った方が効率的だよ」

「そうだな」

そう返し、では自分にとって運命の相手とは……と考えると、鞄の中から微かに覗くソウマ園芸の冊子に目がいく。

もしこの冊子が、自分のせいで縁が切れてしまった美月に繋がっていたら……

その時、それをなんと呼べばいいだろう。

電車に揺られつつ、優斗はそんな詮無いことを考えてしまうのだった。

4　偶然と運命の境界線

ソウマ園芸との打ち合わせの帰り道、信号待ちのタイミングで美月はスマホ画面を確認する。

さっき音がしたと思ったら、舞子からのメッセージが届いていた。

内容を確認すると、その後、優斗から連絡があったかと確認するメッセージだった。そのついでといった感じで、舞子の近況が写真付きで報告されている。

「……」

完璧なメイクをし、楽しそうにはしゃぐ舞子の姿に、昔ほどの感慨はない。

ゴールデンウィーク明けから仕事が忙しくなったせいもあるが、舞子とはあれ以来、会っていなかった。

少し前までは、舞子みたいな華やかな日常を送れない自分に、漠然とした劣等感を抱いていた。でも今は、無理をしてまで彼女の言う日常を送る必要はないと思える。

それはきっと、あの日優斗から「人の言葉より、自分の感情を信じた方がいい」と言われたことが大きいだろう。

今では、パッとしない自分の暮らしも、それはそれでいいのだと思える。

美月は、連絡はないと簡潔にメッセージを返してスマホを閉じた。そして、青になった横断歩道を渡り始める。向かいから渡ってくる人にぶつからないよう気を付けながら、先ほど聞いた壮馬の話を思い出す。

まだ詳しくは話せないが、という前置きと共に、ソウマ園芸がカンナミ建設と仕事をすること、その件で打ち合わせに来ていたカンナミの担当者が、写陽印刷の冊子に興味を示したことを聞かされた。そして、すぐ仕事に繋がるとは断言できないが、カンナミの担当者が、一度冊子の担当者に話を聞きたいと言うので、写陽印刷の連絡先を教えたとのことだった。

とりあえず最初の担当であった服部の名刺を渡しておいたので、もしカンナミ建設から連絡があったら、そういう経緯だと伝えてほしいと言われた。

カンナミ建設の名に心が過剰反応してしまい、担当者の名前を聞き忘れたと気付いたのは、ソウマ園芸を出た後だった。

カンナミの社員数を考えれば、相手が優斗である可能性は限りなく低い。

なにより、カンナミなんて大手企業との商談に、自分のような新米が関わるはずもないのだ。

——変な期待しちゃ駄目。

邪念を払うように軽く頭を振り、美月は壮馬との打ち合わせ内容を思い出しつつ、上司の辻村に報告する内容をまとめていった。

◇ ◇ ◇

壮馬からカンナミの話を聞かされた数日後、行儀よくソファーに座る美月は、自分が変な汗をかいているのを感じていた。

——なんでこんなことに……

写陽印刷の応接室で、営業責任者の田所(たどころ)と並んで座る美月は、自分の前にコーヒーを置く営業の先輩に恐縮しながら頭を下げた。

見上げた先輩は、美月を見て意味深にウインクしてくる。壮馬の紹介でやって来た大企業カンナミの社員が、驚くほどのイケメンだからだろう。

先輩は口の動きだけで「いいなぁ」と、茶目っ気たっぷりに美月に伝えると、カンナミの社員へ丁寧に頭を下げて応接室を出て行った。

背後で扉が閉まる音を聞きつつ、テーブル越しに自分の向かいに腰掛ける相手の姿を見る。

細身のスーツを身に纏(まと)い、長めの前髪を後ろに流している。フレームの細い眼鏡をかけた彼は、見るからに仕事のできる男の人といった感じだ。

私服の時はお洒落で遊び慣れた印象を受けたが、今日の彼からは仕事熱心なビジネスマンといった印象を受ける。

カンナミ建設　未来街造り部　榎波優斗。

美月は自宅にもある名刺の文字を、まじまじと見つめる。

壮馬からカンナミの人間が依頼に行くかもしれないと聞いた時、優斗との再会を考えたりはした。でもまさか、それが本当になるなんて……

本当は、ここでカンナミの対応をするのは上司の辻村のはずだった。

でも今日の昼、服部がつわりで早退したことにより、急遽辻村がそのフォローに回ることになってしまい、美月にカンナミの対応が任されることになったのだ。

小さい会社ゆえの偶然が重なり、美月は今この場所に座っている。

目の前では、優斗が自社の印刷物を確認している。

彼にとっては、偶然の再会も特に心を動かすほどのことではないのだろう。

相手がそうであるのなら、美月も過剰な反応を示すわけにはいかない。気持ちを落ち着け、意識を仕事に集中させる。

「失礼ながら、小規模な印刷会社とお聞きして、色々な媒体に依頼されたものを印刷するだけの仕事を想像していました。ですが、社によって個性が出るものなのですね」

確認を一通り終えた優斗が感心したように言う。

一言で印刷といっても、書籍や雑誌の他に、企業のカタログや名刺、日々の挨拶(あいさつ)状や封筒、ダイレクトメール、商店街のイベント告知のポスターやチラシなど、業種や目的によって様々なものがある。また紙ではなく、金属・ガラス・プラスチックなどに印刷する特殊印刷を含めると、会社によって特色は大きく変わってくる。

優斗の言葉は、事前に印刷会社について調べ、他社とウチの仕事を比較した上で出たものだろう。

「そうですね。個性があるからこそ、小さな会社でも活路があります」

他社と比較されていると察しつつ、田所が滑舌(かつぜつ)よく返す。その言葉に、優斗は静かに頷き視線を美月へ向ける。

「急な申し出にもかかわらず、お時間をいただき、ありがとうございます。さっそくですが、先日ソウマ園芸さんで目にしたこちらの冊子は、辻村さんからお伺いしたとおり、こちらの和倉さんが手掛けたもので間違いありませんか」

「はい」

背筋を伸ばし、美月が頷く。

「今の時代に、ホームページでなく、冊子の形を提案したのは、自社の利益のためですか？」

恐ろしく直球な問いかけに、田所が体を強張らせる。その隣で、美月は首を横に振った。

「もちろん会社員なので自社の利益は考えますが、それ以上に、多肉植物を幅広い年代の人に楽しんでもらえるよう、あえて誰でも手に取ることができる印刷物を提案させていただきました」

本音だからこそ、淀みなく返せる。

そんな美月の顔を見つめ、優斗は軽く首をかしげてきた。もう少し説明が必要らしい。

どう説明しようかと考えた美月は、「少し話がずれますが」と、前置きして話し始めた。

「最近、スマートフォンでＱＲコードを読み込むタイプの抽選プレゼントがよくありますよね。誰でも簡単に参加できるので私もよく使います。ですが、地元に住んでいる祖母が、『誰でも気軽にご参加をって書いてあるけど、スマホを持ってない人間は参加できない』って、怒っていたのが印象に残っていて……」

若い頃は農家の嫁として勝ち気な性格だったという祖母は、馴染みの店でもらったチラシのＱＲコードの意味がわからなかったそうだ。そして、散々調べた挙句、自分には参加する術がないと気付いた時の衝撃について、里帰りしていた美月に熱く語ったことがある。

その話を聞いた時は、祖母の怒りが不思議だった。だけど、よく考えると、ＱＲコードをはじめとするインターネットを利用した各種イベントは、そもそもネット環境が整っていることを前提としていて、パソコンやスマホを持っていない少数の存在を初めから切り捨てている。

インターネットやホームページの利用は、大多数の人間が場所を選ばず閲覧できるというメリットがあるので、どちらがいいとは一概に言えないが、園芸の場合、高齢の人が趣味にすることが多いため、そういった方々を切り捨てるのは勿体ない気がしたのだ。

それなら印刷物で情報を提供することにより、また店に足を運んでもらった方がいいのではと、壮馬に提案したのだ。

それを聞いた壮馬は「それならデザインにこだわり、若い女性と年配女性両方を取り込めるようにして、こまめに店に足を運んでもらう流れを作りたい」と言い出し、矢継ぎ早に出されるアイディアをまとめていった。

美月の話を聞いた優斗が「相変わらず……」と、小さくなにか言いかけて咳払いをする。

「壮馬さんは、商売勘がありますね」

咳払いをした優斗は壮馬を軽く褒めると、田所を見た。

「実は、弊社が進めている新規プロジェクトで、これまでと違う角度からの宣伝活動ができないものかと悩んでおりました。そのタイミングでソウマ園芸さんの冊子を拝見して、若い方の感性を生かして、顧客のニーズを掴んだ斬新な広告をご提案いただきたいと思いまして」

そう話す優斗は、まだ入るテナントは言えないと前置きをして、美月と彼が出会った街コンの会場になっていた商業施設の名を口にする。

「しかし、入るテナントがわからないまま、顧客のニーズと言われましても……」

曖昧な内容に、田所が控えめに難色を示す。

美月としても、どうしてウチなんだろうという疑問が浮かぶ。

リニューアルされる商業施設の売り込み方法や、顧客ニーズの模索などは、印刷会社でなく、イベント企画会社やコンサル会社に相談すべきだろう。だいたい、カンナミほどの大手企業が手掛ける事業なのだから、そういう企画マネジメントは万全なのではないだろうか。

そんな二人の心の内を見透かしたように、優斗が挑発するような視線で問いかけてくる。

「御社のお力を私に貸してはいただけないでしょうか？　大型とまでは言えませんが、それなりの集客率が見込める立地条件ですので、ご依頼させていただく場合、それなりの発注数になると思いますが」

優斗の言葉に、田所の喉仏が上下する。

彼の脳内そろばんが、満足いく数字を弾き出したのだろう。

「この和倉が、必ずご満足いただけるご提案をさせていただきます」

握り拳を作って力強く宣言する田所だが、指名された美月はたまったものじゃない。

勝手に無責任なことを言ってくれるなと、田所を睨みたいところだが、もともと営業にいた美月にも田所の気持ちはわかってしまう。

なにより、自分の仕事を評価されて持ち込まれた依頼である以上、断りたくない。

美月は深く息を吐き、頭を下げた。

「……努力させていただきます」

向かいに座る優斗が、安堵したように息を吐く。そのタイミングで田所に電話が入り、後は美月に任せたと彼は退室していった。

応接室の扉が閉まるのを待って、優斗は二人の間にあるテーブルの上に地図を広げた。一見して、あの商業施設の地図だとわかる。

「この商業施設の印象は……と、聞かれたら、君ならどう返す？」

「緑が多くて、オアシスというより森みたいです」

きっと誰に聞いても、緑が多いと返すだろう。

都会のオアシスをコンセプトにしているあの場所は、商業施設を包み込むように背の高い木々が植えられている。また、要所要所に海外から運んできたという特徴的な巨木が植えられており、オアシスというより森といった印象だ。

「オアシスというと、砂漠の中の憩いの場所ですが、都心の暮らしは砂漠ほど息苦しいものではないと思います。日常に美味しいものや楽しいものが溢れているのに、あの場所を都会のオアシスと呼ぶのは、ちょっと……」

違和感を覚えてしまうと、正直に答える。

今の商業施設もカンナミ建設が手掛けたものなので、彼の会社のコンセプトを否定したことになる。

怒るだろうかと視線を向けると、優斗は特に気を悪くした様子はない。

「だから森？」

その言葉に頷いて、美月は自分の考えを続けた。

「はい。あそこは日常の延長だけど、いつもとは少しだけ違う特別な場所。だから、オアシスというより森の方がしっくりきます。例えば、不思議の森って聞くと、なんだか楽しそうな場所を想像しますけど、不思議のオアシスとは言いませんよね」

その意見に、優斗が顎に指を添えて考え込む。

しばらくそのまま動きを止めていた優斗は、大きく頷いて美月を見た。

「ありがとう。和倉さんの話を聞けてよかった」

「いえ……大したことはなにも……」

「和倉さんは、自分を過小評価しすぎる傾向がある。もっと自分の感性に自信を持つべきだ」

「……」

そんなこと、今まで言われたことがなかった。

驚いている美月に構わず、優斗は今後について幾つか説明をして、帰り支度を始めた。

「……今回のこと、迷惑だっただろうか？」

畳んだ地図をビジネスバッグにしまいながら、優斗がポツリと呟く。

チラリと美月に視線を向けた優斗は、申し訳なさそうに眉尻を下げた。

その言葉に、美月は内心苦笑する。

彼があまりに普通に仕事の話を進めていくので、三ヶ月も前に一度デートしただけの自分のことなど、忘れてしまったのかと思っていた。でもどうやら優斗の中で、あの日のことは、なかったことになっているわけではないらしい。

だからといって、仕事には関係ないが。

美月は、背筋を伸ばし笑みを浮かべた。

「いいえ。仕事の機会をいただき、ありがとうございます」

これが仕事というのであれば、美月はただ全力で励むだけだ。

「そう言ってもらえてよかった」

安堵した様子で息を吐き、優斗は流麗な動きで眼鏡を外す。その仕草が美しくてつい見惚れていると、優斗が視線で「なにか？」と、問いかけてきた。

「眼鏡がなくても見えるんですか？」

貴方に見惚れていましたなどと、言えるわけがない。

本音を隠すべく、仕事には関係ないと承知で質問する。

美月の言葉に、眼鏡をスーツの胸ポケットにしまった優斗が、前髪をクシャリと掻き上げた。

「少し乱視があるだけだから、細かい文字以外は眼鏡がなくても見える。どちらかといえば、公私の切り替えのためにかけているんだ」

本人は無意識だろうけど、そんな何気ない動きにも艶がある。

――会社でもモテているんだろうな。

こんな些細な仕草一つで相手の視線を釘付けにしてしまうのだから、彼の周りにいる女性たちは、さぞや落ち着かないことだろう。

それともカンナミほどの大企業に勤める女性たちは、彼の放つ色気にも免疫ができているのだろうか。

「他に質問は？」

ついあれこれ考えてしまう美月に、優斗が冗談めかした口調で聞いてくる。

その自然な感じに、ビジネスモードの緊張感が解れたので、ついでに気になっていたことを聞いてみた。

「あの……どうしてウチなんでしょうか？」

あの日のことがあったから、優斗が仕事を振ってくれたとは思わない。だが、さすがにこの再会は偶然では片付けにくいものがある。

「……？」

「ウチは印刷会社です。仕事で小規模なテナントの販売促進に繋がる企画をご提案させていただくことはありますけど、カンナミさんのような規模の会社なら、ちゃんと専門的なアドバイスをしてくれる存在があるのではないですか？」

「もちろん、専門のアドバイザーはいる。もとより、有名な建築家とのコラボだし」

「じゃあどうして？」

納得のいかない顔をする美月に、優斗がフッと目を細める。

どこか、意図的に感じる仕草だ。香るどころか誘うように溢(あふ)れ出る彼の色気に、美月の胸が大きく跳ねる。

「君に会いたかったから……そう言ったらどうする？」

「……」

優斗が自分にこんな視線を向けてくるのは、きっと美月の気持ちを確認しておきたいからだろう。

彼は、恋に恋していた美月の稚拙(ちせつ)さを知っている。

仕事の場で、自分に都合のいい幻想を抱かれては迷惑と、美月の反応を試しているのかもしれない。

そこまで自分は愚(おろ)かではない。どうか自分に信頼を寄せてほしいと、美月は表情を引き締める。

「どうもしません。私はこの仕事で、自分がなにを求められているかを、きちんと知りたいだけです」

「……ごめん」

優斗の視線から艶色が消える。

彼は美月から視線を逸らし、どこか遠くに視線を向けて言う。

「カンナミは歴史ある企業で、業績を上げるための定石のようなものは既に出来上がっている。でも決まった流れに身を任せるだけでは、周囲の評価は変わらないし、現状は打破できない」

そう語る優斗の眼差しには、強い野心が滾っている。

それこそ、対話のできる狼の眼差しだ。

「……？」

初めて見る彼の表情に戸惑いつつも、美月は納得がいかないと首をかしげた。

「定石の流れに任せて功績を挙げたところで、それを俺の実力だとは認めてはもらえない。カンナミの歴史にあぐらを掻いていると、陰で言われるのがオチだ」

彼の言葉と、自分の質問がどう繋がるのだろう。

表情に疑問を隠さない美月に、優斗が続ける。

「責任を取る気もないくせに、定石を盾にあれこれ口を出してくる上役を黙らせるには、従順にしつつ結果を出すのが一番だ。文句のつけようもない結果さえ出せば、批判の声も減るだろうし出世もしやすい。その足掛かりとして、平社員の俺に許された権限は、リニューアルに向けての広告制作がやっとだったんだ」

「ああ……」

その話を聞いて、やっと納得がいった。

何故カンナミほどの大手が……と、不思議な気持ちでいたけど、カンナミ建設が写陽印刷に仕事を依頼してきたのではなく、一社員である優斗が自分の持てる権限をフルに生かし、定石(じょうせき)から外れた戦法に出るために写陽印刷に仕事を依頼したのだ。

ウチを選んだのも、ソウマ園芸の冊子がたまたま彼のお眼鏡に適(かな)ったから。

色々納得した美月は、改めて、全力でこの仕事に取り組もうと心に誓った。

◇◇◇

夕方、仕事を終えた美月は、タイムカードを押して足早にオフィスを出た。

地下鉄に乗ったタイミングでスマホを確認すると、舞子から合コンに急な欠員が出たので今から来てほしいといった内容のメッセージが届いていた。

これまでは「どうせやることないんでしょ」と、舞子に押し切られ、否定する言葉が見つけられずに参加していたが今は状況が違う。

舞子には断りのメッセージを送っておく。

最近になって思うと、舞子に誘われるまま出かけていた自分は、暇だったのかもしれない。責任のある仕事を任され、勉強したいことが増えてくると、気乗りしない誘いは自然と断るようになった。

それに、もう合コンには参加しないとはっきり伝えてあるから、問題ないだろう。そう思ったのに、すぐに舞子から、そんなんだから恋人ができないのだとお叱りのメッセージが返ってきた。

相変わらずの言い様に苦笑いしつつ、それでも今は仕事が忙しいので無理だと、再度丁重にお断りのメッセージを送り、返信を待つことなく画面を閉じた。

スマホを鞄にしまった美月は、真っ暗な窓の外に視線を向け、新しく任された仕事について考えを巡らせる。

——私になにができるだろう？

優斗の期待に応えられるかどうか自信はないが、任された仕事を投げ出す気もない。

自信がないと悩む暇があったら、自分にできることを探して、足掻いて模索していく方がよっぽど生産的だ。

そんなことを考えながら地下鉄を降りた美月は、まだ黄昏の空気が残る商業施設へ足を向けた。

カンナミが手掛けた商業施設には、街コン以前から何度か来ていた。ただ行くのはいつも休日だったので、平日の雰囲気を見ておきたいと思ったのだ。

平日と休日の違いを探すように周囲に目をやりながら施設内を歩いていると、不意に肩を叩かれた。

なんだろうと振り返ると、見知らぬ男性が人懐っこく微笑みかけてくる。

——誰だろう？

人の顔は忘れない方だと思うのだが、この人の顔にはまったく覚えがない。

自分の記憶を辿ってぼんやりしている間に、相手の男が距離を詰めてきた。

「なにか探し物？　手伝おうか？　それとも、時間があるなら少し飲みに行く？」

そう声をかけられて、やっとナンパされているのだと気付く。その時には、相手が美月の腕を掴んでいた。

「いえ、あの……待ち合わせです」

咄嗟に嘘をつくが、相手はニヤニヤしながら美月の腕を掴む手に力を込めてくる。

「じゃあ、相手が来るまで一緒に待っててあげる。だからもし、相手が来なかったら、そのまま俺と飲みに行こうよ」

「いえ、えっとやっぱり仕事です……」

「今、待ち合わせって言ったのに、そんなわけないだろ」

どうしようかと焦っていると、男性に腕を掴まれている側の肩を誰かに引かれた。強く引き寄せられたことでナンパ男の手が離れ、その代わり背中が誰かの体に当たる。

「彼女になにか？」

そう問いかける少し掠れた低い声。見なくても誰なのかわかってしまった。

美月の心臓が大きく跳ねる。驚いて顔を向けると、ナンパ男に棘（とげ）のある眼差しを向ける優斗の横顔があった。

「榎波さん……」

――どうして彼がここに？

美月の肩を引き寄せて、優斗が甘い声で囁（ささや）く。

「待たせてごめん。嫌な思いをさせたようだ」

詫びながら優斗が前を睨（にら）むと、ナンパ男はもごもご口を動かしながら離れていった。

「榎波さん、どうしてここに？」

ナンパ男から解放された安堵感で、無意識に美月は優斗に背中を預けてしまう。優斗は、そんな美月の体をしっかり支えてくれた。

「和倉さんこそ」

「わ、私は……今日、榎波さんのお話を聞いて、実際に場所を見てみたくなって」

「俺もだよ。奇遇だな」

優斗が気さくな笑みを見せた。

「そうですね。その奇遇に助けられました」

優斗の笑みに美月も表情を緩め、お礼を言う。頭を下げた拍子（ひょうし）に肩に触れた優斗の手が離れたので、そのままそっと体を引き彼と適切な距離を取る。

「……」

「ありがとうございました。では、また仕事で」

優斗にお礼を言って、その場を離れようとした。そんな美月の手首を優斗が掴(つか)んだ。

「あの？」

なにか用があるのかと振り向くと、優斗が真面目な顔で提案してくる。

「俺と別れた後、さっきの奴がまた声をかけてきたら困る。どうやら目的は同じようだし、このましばらく一緒に回らないか？」

「でも……」

確かにそれは困るが、彼の手を煩(わずら)わせるのも申し訳ない。

躊躇(ためら)う美月に、優斗が言葉を重ねる。

「仕事のためにも、お互いに意見交換をしよう。せっかくだし、女性目線の意見を聞かせてもらえると助かる」

そう言われてしまうと、拒(こば)む理由がなくなる。

そんな表情を見て取った優斗が「行こう」と、美月を促(うなが)した。

仕方なく彼の後をついて歩くと、前を行く優斗が足を止めた。それに合わせて美月も立ち止まる。

なにか気になるものでもあったのかと周囲を見渡していると、優斗の肩が小刻みに震え始めた。

それを不思議そうに見つめていると、口元を手で押さえて笑いを噛み殺した優斗が振り返る。

「そんな従者みたいについてこられると、こっちまで緊張するんだけど」

「……」

正しい距離の取り方がわからず赤面する美月に、優斗がからかうように言う。

「デートした仲なんだ。そんなに緊張しなくてもいいだろ」

「……」

「どうかした？」

「いえ……あの……榎波さんが、あの日のことを話題にするとは思っていなかったので」

一緒に仕事をするのだし、お互いにその方がいいだろうと思っていた。

「なんで？　俺には大事な思い出なのに」

予想外の言葉に、美月が驚いたように目を見開く。

そんな美月に困り顔で歩み寄った優斗が、美月の手を握って軽く引いた。

戸惑いつつも、美月が並んで歩き出すと、満足した様子でその手を離す。

握られると恥ずかしいのに、離れていくとなんとなく寂しい。

そんな自分の気持ちを持て余すように、美月が意味もなく手を握ったり開いたりしていると、優斗に話しかけられた。

「和倉さんの地元には、森があるの？」

「厳密に言えば林と呼ぶべきなんでしょうけど、友達と森と呼んでいた遊び場がありました」

「そこは、どんなところだった？」

美月は、髪を掻き上げながら子供の頃の記憶を探る。

ひどく田舎というわけではないが、ちょっとした買い物にも基本自家用車を使う。それなりに不自由もあったが、その分、自然の恵みの多い場所だった。

「最初に思い出すのは、湿った植物の匂い……ですかね。朝露に濡れた植物の匂いってわかりますか？　東京ではあまり感じることがないと思いますが。あとは、光のグラデーション。木の下を歩く時、まだら模様の木漏れ日が足下を照らしていて、とても綺麗でした」

子供の頃はよく、森で友達とドングリを集めて、数や形の美醜を競ってはしゃいだ。

「そういうのいいね」

言葉足らずな美月の話に耳を傾けながら、優斗は周囲の木々に視線を巡らせる。

リニューアルするこの場所に、美月の語る森のイメージを重ねているのだろうか。

自分の経験がなにかの役に立つのならと、美月は思い出せる限り、地元の森や自然の美しさについて話していく。

「自然のすごいところは、人が気付こうが気付くまいが、そこに美しく存在していることだと思います。私たちは、その美しさを知らなくても生きていけますけど、知っている方が、ずっと心が豊かになる気がします。ここもそういう場所になるといいですね」

素直な気持ちを語る美月に、優斗が足を止める。

——なにか変な発言をしてしまっただろうか。

美月が内心焦っていると、優斗が困ったようにはにかんだ。

「オレにとって、和倉さんがそういう存在だよ」

それはどういう意味だろう。美月が不思議そうに首をかしげると、優斗が話題を変えた。

「ちょっとお茶でも飲まない？」

「そうですね」

喋りながら歩いていたので、思ったより喉が渇いている。

「お腹は？」

そう尋ねられ、美月は自分の体に問いかける。

「……空いてます」

仕事帰りにここに直行して、優斗と偶然出会い、そのまま二人で施設内を歩き回っていた。気が付くと、黄昏色だった空が、宵闇に染まっている。

「じゃあ、ついでに食事もしようか」

優斗は仕事相手なので、ほどよい距離感でいた方がいい気がする。けれど、躊躇う美月に気付くことなく、彼が歩き出してしまったので、仕方なくその後を追いかけるのだった。

優斗が美月を案内したのは、最初に出会ったレストランだった。

舞子には予約がなかなか取れないレストランと聞かされていたが、優斗が受付スタッフと少し言葉を交わすと、すんなり席へ案内される。

——平日だからかな？

一つ一つの席の間隔が広く、流れるＢＧＭの音量も控えめだ。混雑しているという印象はないが、見る限りテーブルは全て埋まっている気がする。

運良くキャンセルがあったのかもしれない。

そんなことを考えていると、飲み物を持ってきてくれたスタッフと入れ替わるようにして、癖毛のブロンドヘアの男性が近付いてきた。

堂々とした振る舞いや、周囲のスタッフの反応から、この店の責任者かもしれない。

そんな彼と、優斗は握手を交わし、日本語以外の言語で会話をしている。音の響きからして、フランス語だろうか。

優斗がなにか冗談を言ったのか、ブロンドヘアの男性が笑う。

それをぽかんと見つめていると、優斗から彼がこのレストランのオーナーシェフのアランだと紹介された。

人懐（なつ）っこい笑みと共に、アランに握手を求められた。美月がそれに応じると、彼はまた優斗に視線を向けて短くなにかを囁（ささや）く。

否定することなく穏やかに微笑む優斗に、アランは大袈裟に喜び、早口のフランス語でメニューを確認して厨房へ引き返していった。

「アランさんと、個人的に親しいんですか？」

二人のやり取りから、そんな印象を受けた。

その問いに、優斗が頷く。

「父や祖父が彼の味を気に入っていて、家族でよく利用させてもらっている。だから、無理を言って席を用意してもらえた」

何気ない口調で話す優斗は、そのまま手元の水の入ったグラスを口に運んだ。

「ごめんなさい」

「ん？」

「その、無理を言わせてしまったのかと……」

自分が、お腹が空いたと言ったせいで、無理を通させてしまったのではないかと焦る美月に、優斗が首を左右に振った。

「俺が和倉さんと食事をしたかっただけだよ。君にはずっと、もう一度謝りたいと思っていたし」

「謝る……」

それはあの日のことを言っているのだろうか。

あの日のことで、優斗が謝ることはなにもない。優斗との出会いは、美月が考え方を変えるためのターニングポイントになった。

美月は彼に出会う前の自分より、今の自分の方が好きだ。そのことにお礼を言うことはあっても、謝罪されるようなことはない。

そう話す美月に、優斗は目を細め、運ばれてきたワインを一口飲んだ。

「それは俺も同じだよ」

ワインで唇を湿らせた優斗は、首をかしげる美月に言葉を続ける。

「あの日、和倉さんの言葉で、俺も大事なことに気付いた。それは気付いても気付かなくても生きていけることだけど、気付いたことで、俺の人生は豊かになったよ。それに今日も、いいヒントをもらった」

穏やかな口調で語る優斗を、美月はまじまじと見つめる。

彼の人となりを語れるほど、自分と優斗は親しい間柄ではない。

それでも今、目の前にいる彼は、以前自分をデートに連れ出し、理想的なエスコートをしてくれた王子様とはどこかが違う。

「……」

なにが違うのだろうかと、考えつつ美月もグラスに口をつける。すると優斗も、美月の行動を真似るようにワインを飲んだ。

そして美月と視線が合うと、嬉しそうに目を細めた。

その表情からは、男らしい色気と共に、人間味のある温かさを感じる。

——そうか……

蕩けるような優斗の表情に、以前となにが違うのか、わかった気がした。

端整な顔立ちに優雅で美しい所作。それは以前と同じだけれど、今の彼の表情からは完璧すぎるがゆえにどこか現実離れしているといった印象を感じない。

それに気付くと同時に、彼が、とても魅力的な男性であることを思い出す。

「……」

不意に、どうして自分は、こんな極上の男性と食事をしているのだろうという疑問が湧き起こってくる。

「また食事に誘ってもいいだろうか」

「え？」

忙しくあれこれ考えていた美月は、投げかけられた優斗の言葉に目を瞬かせる。そんな美月の反応に、優斗が苦笑いを浮かべた。

「もちろん、和倉さんが迷惑だと言うなら誘わない」

優斗に誘われて迷惑なわけがない。咄嗟に首を横に振ろうとして、美月はハッと踏み留まる。

相手の都合も考えずに、自分に都合のいい幻想に溺れたくない。そう思っているはずなのに、こうやって彼に優しくされると、つい舞い上がってしまう自分がいる。

そんな自分を心の中で叱責して、美月はグッと顎を引く。

「この先、一緒に仕事をしていくのなら、プライベートでお会いするのはあまりよくないように思うのですが？」

見るからにモテ男子である優斗としては、仕事相手を食事に誘うことくらい、深い意味のないことなのかもしれない。

でも美月は、つい舞い上がりそうになってしまう。それなら最初から、適切な距離を保つべきだ。

背筋を伸ばして一線を引こうとする美月に、優斗は微かに眉尻を下げる。

そんな表情をされると、こちらが悪いことを言った気分になってしまう。

「……どうして私なんですか？」

彼に誘われれば、喜んで応じる女性は山ほどいるはずだ。

それなのに、わざわざ自分などを誘うのは何故だろう。

以前のように同情されているとは思わないが、だからこそ彼の意図がわからない。

戸惑いに目を瞬かせる美月に、優斗が静かに口を開く。

「俺にとって、和倉さんが特別な存在だから」

「……そういう台詞は、誤解を招きますよ」

一度苦い経験をしているからこそ、彼の言動を自分に都合よく受け取ったりはしない。

「誤解されたくないから先に言っておくけど、俺は和倉さんに惹かれているよ」

「え？」

それこそ意味がわからない。

瞬(まばた)きどころか、動きを忘れて硬直する美月に、優斗が言葉を重ねる。

「ソウマ園芸であの冊子を目にした時から、俺は、この縁が和倉さんに繋がればいいと思っていた。そんな都合のいい想像をしてしまうくらいに、俺は君との再会を願っていた。……そして今日、和倉さんと話したことで、この感情がどこからきているのかわかったよ」

そこで言葉を切った優斗は、美月を真っ直ぐ見つめて言った。

「俺は和倉さんに惹かれている。だから俺と……」

「そんなはずないです」

優斗の言葉を、緊張した美月の声が遮(さえぎ)る。

「榎波さんは、きっとなにか勘違いをしています」

上手く説明できないが、以前の美月が優斗に都合のいい王子様像を思い描いていたように、優斗もまた、今まで周りにいなかったタイプだろう美月に、なんらかの幻想を抱いているに違いない。

そんな幻想は、本当の美月を知ればすぐに冷める。そうなれば、優斗は今自分が口にしかけた言葉を後悔するだろう。だからそれは、口にするべきではない。

そう説明する美月に、優斗は困ったように頬杖をついてなにかを考え込む。

美月の言葉の意味を、彼なりに精査しているのかもしれない。

黙って彼の言葉を待つ美月に、考えをまとめた様子の優斗が頷いた。

「なら、俺の感情がなんなのか、和倉さんが決めて」

「はい？」

ますます言っている意味がわからないと困惑する美月に、優斗は澄ました顔で続ける。

「ただ、俺の気持ちを理解しようともせずに『勘違い』で片付けるのだけはやめてほしい。だから、まず俺という人間を正しく知ってもらうために、また食事に誘うことを許してもらいたい」

「それは体(てい)のいいデートのお誘いでは……」

なんだか、相手にとって都合のいい方向へ流されているような気がして、美月は警戒する。そんな彼女へ、優斗はしたり顔で微笑んだ。

「和倉さんがデートと認めてくれるなら、デートだね」

思わず口を噤(つぐ)む美月の表情を楽しみつつ、優斗が笑顔で言う。

「俺のこの感情も、俺たちの関係も、和倉さんが好きに決めればいい。俺は君が望む関係に従う。そう思えるくらい、俺は君にやられているんだ」

「……」

「ただし、黙って最後の審判を待つほど、おとなしい性格はしてないけど」

その表情に、昔近所で飼われていた猟犬を思い出す。

同時に、普段どれだけ従順で紳士的であっても、猟犬という生き物は獲物を見つけた途端、どこまでも貪欲に追いかけ食らいついていく、と言われたことも。

返すべき言葉が見つからず戸惑っているうちに、料理が運ばれてきて会話が途切れてしまった。

食事を済ませると、優斗が家まで送ると申し出てくれたが美月はそれを断った。

「じゃあせめて、タクシーで帰って。この前、家まで送れなかったこと、すごく後悔したから」

二人連れだって駅前まで来ると、優斗はタクシー乗り場で客待ちをしていたタクシーに合図を送る。

目の前で止まったタクシーの後部座席の扉が開くと、優斗はタクシーチケットを運転手に渡し、片手でドアを押さえて、もう一方の手で美月の手を取り乗車を促す。

「今日は、ありがとう。本当は、もっと一緒にいたいけど」

タクシーに乗り込む美月に、優斗が色気たっぷりな視線を向けて言う。

女性の扱いに慣れている優斗の所作にいちいち反応していては、こちらの身が持たない。

タクシーのシートに腰を下ろした美月は、覚悟を決めて優斗を見上げた。

「榎波さんは、もっと女性との距離の取り方を考えた方がいいと思います。貴方の意図にかかわらず、相手が期待してしまいますよ」

タクシーのドアと車体に左右の腕を預け、前屈みになっていた優斗がにこりと微笑んだ。

「ああ、期待してほしい」

静かな口調で返されて、ぽかんとする。そんな美月に体を寄せて、優斗が耳元で囁く。

「和倉さんを誘惑しているんだ」

魅惑的な囁き声に、美月の体がぞわりと粟立つ。

怖い思いをしたわけでもないのに、本能的な部分で彼の声音に不安を感じてしまう。

困り顔で黙り込む美月を見て、優斗が悪戯っぽく笑って続ける。

「本当は、このまま君をホテルに連れ去ってしまいたいんだよ。たぶん俺は、そういう駆け引きに慣れていて、恋に不慣れな君を誘惑するのは簡単だと思う」

自信たっぷりに囁かれ、戸惑いつつも否定はしない。

確かに自分は、優斗のエスコートにときめいて、簡単に舞い上がってしまっていたのだから。

「……」

でももう、自分に都合のいい夢に溺れるようなことはしたくない。

惑わされたりはしないと、意思の強い眼差しを向ける美月に優斗が困ったように微笑み、さらに耳元に顔を近付けて囁く。

「でも、俺は、君に求めてもらいたい。身も心も、君の全てが欲しいから」

そう言って優斗は、タクシーから体を離す。

その瞬間、美月と重なった彼の真剣な眼差しに、心臓が大きく音を立てた。

「おやすみ」

優斗が姿勢を直したのを合図と受け取ったのか、タクシーがドアを閉めて静かに発車する。

行き先を確認してくる運転手に自宅の住所を告げ、美月は熱を帯びる頬を手で押さえた。

5　恋を始めるには

優斗との再会から一週間と少し経った今日。

美月は上司の辻村と共に、冊子のレイアウトの件でソウマ園芸を訪問した。その帰り道、電車の中でいきなり鳴り出した自分のスマホの着信音に驚き、慌てて資料の入ったバッグを押さえる。

「打ち合わせの時は、マナーモードにしておくのが常識よ」

壮馬に挨拶（あいさつ）がしたいと同伴していた辻村が、小声で窘（たしな）めてくる。

つり革に掴（つか）まって立つ美月と向かい合う形で座席に座る辻村に睨（にら）まれて、余計に恐縮してしまう。

「すみません。不注意でした」

壮馬のところで鳴らなくてよかったと、今さらながらにマナーモードに切り替え、周囲に頭を下げつつ美月はスマホを確認する。

見ると、優斗からのメッセージだ。

内容を確認すると、今度の日曜日に食事に行かないかというお誘いだった。場所は、以前のデートで美月が帰ったことで行きそびれたレストランだと言う。

美月がメッセージアプリを開いたのがわかっているのだろう、開いたままの画面に、彼からのメッセージが立て続けに入ってくる。

スタンプを挟んで、ただ食事に行くだけでは味気ないので、ついでに仕事の参考になりそうなショッピングモールを見学しようとあり、そのまま待ち合わせの時間と場所を指定してきた。

似たような誘いは、あれ以来連日のように受けている。

あの日、自分を見送る真摯（しんし）な眼差しを思い出す度に、どう応じればいいのかわからずズルズル返事をしないまま日が過ぎてしまった。

今もこの誘いにどう返せばいいか悩んでいると、ポンと「難しい顔しないで、ＯＫして」とメッセージが届いた。

なんだかスマホを通して、美月の考えていることが彼に筒抜けになっているようで落ち着かない。

思わず既読スルーで画面を閉じると、暗くなったそこに難しい顔をした自分が映った。

「……」

眉間（みけん）を指で撫でていると、辻村と目が合った。

「恋人？」

感情の読み取れない声で問いかけられ、美月は慌ててスマホをしまった。

「恋人なんていないです」

美月が焦って首を横に振ると、辻村は満足げに頷く。

「和倉さんにとって、今は大事な時期だから、恋愛にうつつを抜かして私を失望させないでね」

「……？」

それはどういう意味だろうと首をかしげる美月に、辻村が告げる。

「服部さんの後任に、貴女を推薦しようと思ってるの。ソウマ園芸さんも、貴女の仕事に満足しているようだし」

服部が担当していた時は、壮馬が中心となって開催準備をしていた多肉植物販売会のチラシ製作だけの予定だった。しかし、担当が美月に代わった後、チラシ製作の他に定期的な冊子の依頼を新たに任されたことを、辻村は評価してくれているようだ。

「ソウマ園芸さんの仕事は、ただ運がよかっただけです」

たまたま美月が興味を持っていた多肉植物を扱っていたのでトントン拍子（ひょうし）に話が進んだだけだと思っている。この先も同じような結果を出せると期待されるのは怖い。

「謙遜（けんそん）する必要はないわ。カンナミの担当者からも、あの冊子を作った感性を活かしてほしいって、和倉さん指名で正式に依頼がきているくらいだし」

「それは……」

それこそ過大評価もいいところだ。

辻村に悟られないよう嘆息していると、スマホが再び震えた。

見るとまた優斗からのメッセージで、美月が来なくても待っているとある。

その次に「なにかを判断する前に、俺を知る時間を作ってほしい。まずは一歩、歩み寄って」と、続いた。なんだか、あれこれ考えるばかりで身動きできない自分の心まで、彼に見透かされている気がしてくる。

でも、優斗と出会ったことで、自分は変わりたいと思ったのは確かだ。

それなら……

「努力します」

絞り出すような声で美月が言うと、それでいいと辻村は頷く。

そして美月は、そのままの勢いで優斗にメッセージを返した。

◇　◇　◇

約束の日曜日。

優斗に指定された待ち合わせ場所のカフェを訪れていた美月は、壁掛け時計を確認して息を漏らした。

早めに到着してしまったので、約束の時間までまだだいぶ時間がある。

手持ち無沙汰からスマホを確認すると、舞子からメッセージがきていた。

この前、美月が合コンの誘いを断って以来、ぱったりと連絡が途絶えていた舞子だが、メッセージの内容はというと、この前の合コンは当たりだったから来るべきだったという、お叱りの言葉が並んでいた。

可愛い絵文字で怒りを伝えてくる舞子に、美月も絵文字で謝っておく。

するとすぐに舞子から、この間来なかったお詫びに今日はカフェ巡り（めぐ）りに付き合って、とメッセージがきた。

お詫び——という言葉が、美月の心に引っかかる。

以前からもう合コンには参加しないと、はっきり言ってあり、それを実行しただけなのに……

さすがにそれをそのまま指摘したら、舞子が不機嫌になるのがわかっているので、今日は先約があって外出中だから無理だ、と返しておく。

その直後、今度はビデオ通話で舞子から着信がきた。

「どうしたの？」

メッセージから突然通話に切り替わり、驚いて美月が応答する。画面に映る舞子は、こちらを難しい顔で窺っていた。

しばし無言でこちらの様子を見ていた舞子が、納得したように頷く。

「本当に外なんだね。私と出かけるのが嫌で、嘘ついてるのかと思った。私の他に、美月なんかを誘ってくれる人、いないだろうし」

「……」

確かに美月の職場は社員数が少ないせいもあり、休日にまで一緒に出かけるような同世代の社員はいない。

それでも舞子の言い方には、自分を見下す棘を感じてしまう。

「誰と待ち合わせしてるの？　まさか男の人？」

デートだから邪魔しないで。そう言えば、そっとしておいてくれるだろうか。

でもそんな方便に優斗の存在を使うのは、気が引ける。

「……ごめん。お店の中で話していると、他のお客さんの迷惑になるから」

そう言って通話を終わらせようとした時、背後から優しい声が降ってきた。

「待たせてごめん」

すぐに向かいの席に人が座る気配がする。

舞子との電話に気を取られ、彼が店に入って来たことに気付かなかった。顔を上げると、スーツ姿の優斗が目の前にいる。

「和倉さんが帰っちゃってたらどうしようかと、焦ったよ」

そう爽やかに微笑みながら、優斗がネクタイを緩めた。彼の首筋には、うっすらと汗が滲んでいて、彼が急いで駆けつけてくれたことが察せられる。

「待ち合わせの相手って……」

舞子の声が硬く尖ったものになるのを感じる。

「ごめん。待ち合わせの人が来たから」

「ちょ……ッ」

あれこれ問いただされる前に、美月は一方的に通話を終了させた。

スマホをサイレントモードに切り替え、美月は優斗と向き合う。

「もしかして、お仕事だったんですか？」

スーツ姿の彼にそう尋ねると、優斗は頷き、水を持ってきたスタッフに飲み物を注文する。

「うん。遅くても土曜の夜には戻る予定だったんだけど、トラブルで戻れなくなって、今こっちに着いたところ」

そう話す優斗の足下には、小さなキャリーバッグが置かれている。出張先からそのまま駆けつけたらしい。

「忙しかったなら、そう言ってくれればよかったのに」

「でも和倉さんは、仕事がごたついているって言ったら、今日の約束をキャンセルしただろ？」

「もちろんです」

自分のために無理する必要はないと頷く美月に、優斗は困り顔で微笑む。

「和倉さんのその優しさも、残酷だよ」

「え？」

以前、同情でデートをしてくれた優斗に、同じような言葉を言ったことがある。

その時のことを思い出し、目をぱちくりさせる美月の表情を見て、優斗は小さく笑う。

「俺は無理をしてでも、今日、和倉さんに会いたかった。もっと言えば、日曜日に君に会えると思ったから、ここ数日の激務を頑張ることができたんだ。なのに、和倉さんから無理する必要ないと突き放されたら、虚しくなる。俺が楽しみにしていたほど、君は俺に会いたくなかったんだって」

「ごめんなさい」

素直に詫びる美月に、優斗が軽く首を横に振る。

「謝らないで。俺も優しくしたつもりで君を傷付けたから」

眉尻を下げる美月を見て、一瞬、優斗が悲しげな表情を浮かべた。

美月は、優斗にそんな顔をしてほしかったわけではない。

「優しさって、難しいですね」

申し訳なさそうに呟く美月の言葉に、優斗が表情を緩めて言った。

「そうだね。だから和倉さんに、ちゃんと優しくできるよう、もっと君のことが知りたいと思うよ」

臆面もなくそんな言葉を口にする優斗に、美月の頬が熱くなる。

「必要以上に優しくされると、早く仕事で結果を出さなきゃって、プレッシャーを感じます」

優斗の優しさになにをどう返したらいいかわからず、仕事を口実に距離を取ろうとする。

そんな美月の言葉に、一瞬で彼の表情が険しくなった。

初めて見るその表情に、美月の肌が粟立(あわだ)つ。

これまでにも、彼の妖艶(ようえん)な魅力にあてられ肌が粟立(あわだ)つことはあった。でも今彼が見せている表情は、鋭利な刃物を首筋に当てられたような危ういものだった。

自分の発言のなにが、彼をそこまで怒らせたのだろう。動揺して身を硬くしていると、目の前の優斗がパンッと勢いよく自分の頬を平手で打った。そのまま自分の口元を手で覆(おお)う。

予想外の彼の動きに美月が目を丸くしていると、優斗が悔しそうに唸(うな)る。

「ごめん。俺が悪い」

「あの……？」

「君に、最初に失礼なことをしたのは俺だから、そんなふうに思われてもしょうがない。……だけど、これまで自分なりに、付き合った女性には敬意を払ってきたつもりだし、仕事と色恋を混同したこともないよ」

「ご、ごめんなさい」

先ほどの言葉は、自分に好意を向けてくれる人に言うことではなかった。保身のために、仕事を口実にしてしまった自分を申し訳なく思う。

項垂(うなだ)れる美月に、優斗の纏(まと)う空気が変わる。

不意に表情を真剣なものに変えた優斗は、手を伸ばして、美月のそれに自分の手を重ねた。

「白状すると、もう一度君に会えるのなら、仕事を口実にしてもいいと思ったのは確かだよ」

「……」

「あの日からずっと、君にもう一度会いたいと思っていた。でも君をひどく傷付けた自分から連絡を取ることは許されない気がしていた。そんな時、仕事で訪れたソウマ園芸さんで、君の気配を感じたんだ。信じられないかもしれないけど、その気配を手繰り寄せたくて、写陽印刷さんに今回の話を持ち掛けた。和倉さんに会えた時、俺がどれだけ嬉しかったか、君にわかるかな？」

美月の手を握ったまま、愛しさを隠さない表情で優斗が語る。

「どうして私なんかに、そこまで……」

彼に言われるまでもなく、優斗が公私混同するタイプとは思わなかった。そんな彼が、そこまでして美月にもう一度会いたいと願う理由が理解できない。

不思議そうに首をかしげる美月に、優斗が真面目な表情で言う。

「それは、和倉さんが俺の感情に名前を付けたからだよ」

「……？」

意味がわからないと表情で答える美月に、優斗が呟くように話す。

「和倉さんに言われるまで、俺は自分を恵まれた人間だと思っていた。傲慢な言い方になるかもしれないが、比較的裕福な家に生まれたせいか、あまり他人を羨んだり、誰かになにかを求めたりしたことがなかった。自分より弱い人間には与えるのが当然で、自分から求めることはない。……そんなふうに考えることが相手に対してひどく失礼なのだと、君に言われて初めて気付いた」

その言葉にどう返せばいいかわからず、美月は曖昧に首を動かす。

そんな美月を真っ直ぐに見つめ、優斗は苦しげに打ち明ける。

「そんなことにすら気付けないほど、俺は心の貧しい人間だった」

繋ぐ手に力を込め、眉根を寄せた優斗が自嘲するように「君の理想の王子様とは、かなりかけ離れた、寂しい人間だよ」と、打ち明ける。

「そんなこと……」

今でも優斗はまごうかたなき王子様だ。そう言おうとする美月の言葉を、優斗が遮る。

「俺の人間として足りない部分を埋めるには、和倉さんが必要だ」

優斗の真剣な眼差しに射貫かれ、美月が息を呑む。

「和倉さん、俺を君の恋人にしてくれないか？」

優斗が自分に向ける眼差しも、声の響きも、熱量が以前とはまったく違う。

息苦しさを感じるほどの表情を見れば、彼が自分を本気で求めてくれているのだとわかる。

「……」

一度は心をときめかせた人と再会を果たし、その彼から告白をされる。それこそ少女漫画のような展開に心が騒ぐ。

でも、だからこそ……

「考えさせてください」

逡巡（しゅんじゅん）した末に、美月はそう返した。

「俺じゃ駄目かな？」

「よくわからないです」

美月の正直な答えに、優斗が苦笑いを浮かべる。

でもそれが嘘偽りのない気持ちなのだから、しょうがない。

優斗が真面目に思いを口にしてくれているのであれば、美月も正直な思いを返すべきだ。

もちろんこんな最高級の王子様みたいな人に告白されたら、ときめかないはずがない。

でも、そんなシチュエーションに流されるようにして告白を受け入れるのは、恋に恋していた以前の自分となにも変わらない。付き合ったりすれば、きっとまた理想と現実のギャップに傷付き、それによって優斗までも傷付ける結果になるのではないかと不安になる。

「それは、俺を嫌いということじゃないよね」

躊躇（ためら）いがちに美月が頷くと、優斗も頷いた。

「なら恋人候補として、君の近くにいる権利を俺にくれないか？」

「え？」

「わからないなら、ちゃんと俺を知ってから判断すればいい。和倉さんが俺と付き合ってもいいと思えるまでは、恋人候補としてデートしよう」

「それは、付き合うのとなにが違うんですか？」

美月の問いにクルリと視線を巡らせて、優斗が告げる。

「……君が望まない限り、ベッドに連れ込んだりしないことかな」

直球過ぎる言葉に、美月が赤面する。それを見た優斗が、楽しげに微笑んだ。このやり取りが楽しくてしょうがないという感じで彼が続ける。

「どうせ俺は、君が求めてくれなければ寂しいままだ。同じ寂しいなら、和倉さんの側にいる孤独の方がいい」

美月に向けられる眼差しは真摯で、どこか懇願しているようにも見えた。

「ズルいです」

気が付けば彼のペースに絡め取られている。

そうは思うのだけど、彼にこんな視線を向けられて拒めるはずもない。

困り顔を見せる美月に、優斗は余裕のある顔でニヤリと笑う。

「諦めが悪い自覚はある」

そうして、表情を引き締めた優斗は、揺るぎない気迫に満ちている。

その眼差しが、美月を決して逃がさないと物語っているように見えた。

不意に、昔猟犬を飼っていた近所の人が言っていた言葉を思い出す。

犬は、狙った獲物をすぐに捕らえるのが難しい場合、相手が逃げる気力を失うまで併走して弱らせてから、ゆっくり捕らえるのだと。

きっと優斗は、美月が彼を受け入れるまで諦めない。

この人からは逃げられないと、本能が告げてくる。

諦めにも似た感情が湧き上がってくるが、美月には美月なりの考えがあった。

——恋は、フェアな関係を築ける人とする。

最初のデートの時のように、傷付き惨めな思いをしないために、自分の彼に対する気持ちも含めて、ちゃんと彼との関係を見極めたかった。


「とりあえず、今からホテルに行ってもいい？」

カフェを出るタイミングで、優斗にそうお伺いをたてられてしまった。

彼が押さえてくれる扉を通った美月は、目を大きく見開いた後で数回瞬きして答える。

「そういった関係になるのは、まだ早いかと」

美月の回答に、今度は優斗が目を丸くした。

しかし、すぐに笑みを浮かべて、扉から離した手で美月の肩をそっと抱く。

「実は、明日からまた出張で、朝一の新幹線に乗らないといけない。だから、今日は家に戻らずホテルに泊まるつもりなんだ。それで、デートの前に荷物を預けて身軽になりたい」

優斗はもう一方の手で持っているキャリーバッグを動かす。

自分の早とちりに気付いた美月は、気まずそうに視線を逸らした。

「すみません。こうしたことに慣れてなくて、過剰に反応してしまいました」

焦る美月を見て優斗は嬉しそうに微笑み、美月の手を引いて歩き出す。

「まだ……ってことは、いつかは俺とそういう関係になってもいいと思ってくれてるんだ」

「……」

からかいを含んだその言葉に、今度こそどう答えればいいかわからない。

恥ずかしくて視線を落とす美月の手を強く握り、優斗が「俺はラッキーだな」と耳元で囁く。

「え？」

どういう意味だろうかと視線を上げると、優斗が蠱惑的な眼差しを向けてきた。

「好きな女性の過去に嫉妬しなくて済む」

そう語る彼は、どこまでも強気だ。

自分の感情も、自分たちの関係も、美月が決めればいいと言いながら、彼の放つ雰囲気は美月を逃がすつもりはないと語っている。

なにも言えない美月に、優斗は、思い出したように聞く。

「和倉さんのことを、また名前で呼んでもいいかな？」

再会した優斗が、ずっと自分を苗字で呼んでいるのは、気付いていた。

容赦なく艶（つや）っぽい色気を振りまきながら迫っておいて、今さら美月を名前で呼ぶことに許可を求めてくる彼に驚く。

互いの連絡先を知っているのに、仕事という口実がなければ会えなかったように、彼もまた美月との距離を計りかねているのだろうか。

気になる人を前にすると、正しい距離の取り方がわからなくなるのは、美月だけじゃないのかもしれない。

「……」

「駄目だろうか？」

驚きで言葉を発することを忘れていた美月に、優斗がお伺いの眼差しを向けてくる。

強気で完璧な王子様ではない、どこか弱気な彼の表情に、美月はクスリと笑い、首を横に振った。

「前みたいに名前で呼んでください。その方が、嬉しいです」

美月の言葉に、優斗がホッと息を吐いたのがわかった。

「ありがとう。俺のことは優斗でいいよ」

美月が頷いた途端、優斗が強気な笑みを浮かべて返してくる。

その切り替えの早さに、自然と笑ってしまう。

でも美月にとっては、男の人を名前で呼ぶのはハードルが高い。そのことを告げると、優斗が少し拗（す）ねた顔をして美月の笑いを誘う。

美月の笑顔に優斗も笑って、繋いだ手を軽く揺らしながら並んで歩いた。

目的のホテルに着くと、優斗は美月をロビーに残して部屋へ向かった。

束の間の別れさえ名残惜しいといった感じで、エレベーターの扉が閉まりきるまで、こちらに向けられていた優斗の視線を思い出し、くすぐったい気分になる。

さっき出張から戻ってきたばかりだと、荷物もそのままに待ち合わせ場所に駆けつけてくれた彼は、明日も朝から遠方に出張だと話していた。つまりそれほど忙しい時間の合間を縫って、美月と会う時間を作ってくれたということになる。

それを思うと照れくさく、心がふわふわして落ち着かない。そんな自分を持て余し、美月は意味もなくスマホを開いた。そして戸惑いの表情を浮かべる。

「これ……」

そこには、舞子からおびただしい数のメッセージや着信が表示されている。

強引に通話を切ったので、多少のお小言はあると思ってはいたけど、二桁になる着信は尋常じゃない。そのため、スマホのバッテリーもかなり消費されている。

とりあえずメッセージの内容を確認しようと、通信アプリを開く。

するとメッセージが既読になったことが伝わったからか、舞子から着信がきた。

「……」

これ以上無視しても、後で色々言われるだろうし、このままのペースで着信が続くと本当にスマホのバッテリーがもたない。

気は重いが画面をスライドさせ通話に応じると、険のある舞子の声が聞こえてくる。

「どういうこと？　なんで榎波さんと一緒にいるの？　私を騙したの？」

感情的に問い詰めてくる舞子に、美月は手短に、仕事を通して彼と偶然再会したことを説明した。

「美月の仕事って、小さな印刷屋の雑用でしょ？　榎波さんと、なんの関係があるのよ？」

どこかバカにした感じで舞子が笑う。

「私の仕事は、雑用だけじゃないよ。それに印刷会社って、舞子が思っているより色々な企業と繋がりがあるの」

今までなら、仕方がないと気にしなかった舞子の言葉。それを聞き流せなかったのは、任される仕事が増えたのと共に、自負のようなものが芽生えてきたからかもしれない。

自分の仕事をバカにされると、自分に仕事を任せてくれた人たちもバカにされている気がして悔しくなる。

「なにその上からな感じ？」

美月の反論に舞子が不機嫌な声を出す。

「別に上から言ってるわけじゃ……、ただ私の仕事のこと、もう少し理解してほしくて……」

「わかった、わかった。とりあえず、榎波さんと一緒にいるのは、仕事の延長ってことでいいのね？」

「まあ、そんな感じ……」

再会のきっかけとしては、嘘ではない。だから今日のところは、そういうことで納得してほしい。

そんな美月の願いが通じたのか、舞子が言う。

「なんだ。一緒にいるからビックリしちゃった。日曜日も仕事？　今からどこに行くの？」

普段の調子に戻った舞子が、ただの好奇心と言った感じで聞いてきた。彼女の怒りが収まったことに安堵しつつ、これから優斗と行く予定のショッピングモールと、レストランの名を告げた。

すると舞子は「ふうぅん」と、興味なさげに息を吐いた。

「わかった、じゃあ、楽しんで」

さっきまでのおびただしい着信が嘘のように、舞子はあっけなく通話を終わらせる。

もっとなにか言われるのかと身構えていた美月は、ホッとしてスマホをバッグに戻した。

それからほどなくして、スーツからカジュアルな私服に着替えた優斗がロビーに現れた。

「お待たせ。行こうか」

カジュアルで洒落っ気のある服を着こなす優斗は、立ち上がった美月の手をさりげなく取った。

「……っ」

自然に握られた手を困ったように見つめていると、優斗がクシャリと目を細める。

「毎日忙しい俺に、このくらいのご褒美(ほうび)を許してくれると嬉しいな」

自分の見せ方を熟知している優斗に、甘えるような視線で見つめられると突き放す言葉が出てこない。

「ズルいです」

美月が唸ると、それを承諾の合図と解釈した優斗は「ありがとう」と、蕩けるような甘い笑みを見せ、美月の手を引いて歩き出す。

「それに手を繋いでいた方が、美月ちゃんの気持ちが伝わってくるから、女性目線のリサーチにも役立つ。美月ちゃんも、男目線の俺の気持ちを感じ取りやすいと思うよ」

まずは仕事の参考になりそうなショッピングモールを見学しようと話していたので、異性の目線を意識しやすいようにとの意味だろう。

「その意見は、なんだかこじつけっぽいような……」

「当たり」

美月の意見を悪びれる様子もなく認めた優斗は、繋いだ手を少し揺らして言う。

「でも、ここから少しでも、俺の気持ちが君に伝わってほしいと思うよ」

そう言って、指で美月の手の甲を優しく撫でる。

優斗の大きな手に包まれると、自分の手がとても小さく感じられ、それがなんだかくすぐったい。

彼の手の温度が自分の肌に馴染んでいくのを感じながら、美月は優斗の手を握り返す。

気付いた優斗が、嬉しそうに目を細めた。

◇　◇　◇

優斗が美月を連れて行ったのは、鉄道会社が陣頭指揮を執り大掛かりな再開発を進めている地域で、駅だけでなく周辺の商業施設もどんどん一新されている場所だった。

立体的な歩道で駅周辺の幾つもの商業施設を繋ぐことで、それぞれの施設が孤立することなく機能している。

「昔とは、別物だね。といってもここ数年、工事していた記憶の方が強いけど」

長い上（のぼ）りエスカレーターの途中、テナントのディスプレイを見上げながら優斗が呟いた。

優斗は感慨深げだが、大学から東京暮らしを始めた美月としては、この周辺は工事をしていた印象しかない。

「榎波さんも、こういう感じを目指しているんですか？」

彼の一段後ろのエスカレーターに立つ美月が問いかけると、優斗は軽く首を横に振る。

「ここはここで楽しい場所だけど、目指すものとは趣旨が異なる」

なるほど、と頷く美月は、周囲に視線を巡（めぐ）らせながら聞く。

「榎波さんは、私にどんな仕事を期待しているんでしょうか？」

再会した日に、これまでと違う角度からの宣伝活動がしたいといった要望は聞いているが、彼が自分や写陽印刷に求めているものは未だ漠然としている。

「そうだな……」

優斗は首を反(そ)らして、高い場所を見上げながら唸(うな)る。

そうしている間に、エスカレーターがフロアに到着した。

姿勢を直してフロアに立った優斗は、美月を振り向いて言う。

「美月ちゃんの魔法かな」

「魔法……ですか？」

もちろん、そんなものは使えない。

突拍子(とっぴょうし)もない希望に気を取られ、エスカレーターを降りる足取りがもたついてしまった。ぎこちない動きでエスカレーターを降りる美月の腕を、慌てて優斗が掴(つか)んだ。

そうやって自分の方へと引き寄せながら言う。

「俺に大事なことを気付かせてくれたように、そこにあるものにきちんと目が行くような仕掛けが欲しい」

「その要望は……漠然とし過ぎてます」

グッと眉間(みけん)に皺(しわ)を寄せて難しい顔をする美月を見て、手を引いて歩き出す優斗が笑う。

「カンナミは、成功に慣れている。もちろん成功の定石(じょうせき)を構築するまでの軌跡(きせき)はあるのだけど、いつまでも既存の流れに乗り続けるのは、俺は危険だと思っているんだ。今回の商業施設の件にしても、『都会のオアシス』っていう既存のテーマに疑問を持って意見を言う人なんていなかった。そういう人たちの目を覚ますような一撃を加えてやりたいんだ」

「それは……」

一介の若手社員が抱く志としては、壮大な気がする。

強気な表情で遠くを見据える彼は、どこを目指しているのだろうか。

不思議に思いつつ彼の横顔を見上げていると、その視線に気付いた優斗がフワリと笑う。

「俺が、あの場所をオアシスではなく、森に変えるつもりだって言ったらどうする？」

「コンセプトの変更を、会社に提案するってことですか？」

「したけど、会議でたらい回しにされてる。きっとこのまま、議題に上げた記録だけ残して、真面目に検討することもなく時間切れに持ち込むつもりだろうな」

「じゃあ……、諦めるのですか？」

思わずそう確認したが、悪戯を楽しむ少年の顔をする優斗が、素直に諦めるとは思えない。

そんな予想を裏付けるように、優斗は唇に人さし指を添えて打ち明ける。

「強行突破。今、本来の仕事と平行して、そのための根回しをしている」

「――っ！　いいんですか？」

「よくないだろうね。きっと怒られる」

あっけらかんと返す優斗は、頬を引き攣らせる美月に、ご機嫌な様子で続ける。

「でもこっちの選択が正しいってわかっていて、流れに逆らうのを恐れてじっとしているのは勿体ないよ。それに動いてみて気付いたけど、今のカンナミの旧態依然とした体制に不満を持っている関係者は思いの外多い。それなら動くまでだよ。『勝てば官軍、負ければ賊軍』とはよく言ったもので、結果を出せば周りの評価は変化していくから俺は気にしない」

胸を張って語る彼には、あの場所を森にするビジョンも、それを成功に導く道筋もできているようだ。

本来なら傲慢で無謀なプランに思えそうだが、彼が言葉にすると、不思議とそんな印象を受けない。

それどころか、素敵な未来を先取りして見せてもらっているような高揚感さえ覚える。

優斗のプランに乗った人の何割かは、カンナミに不満があるというより、彼の持つ魅力に魅せられ、一緒に夢を見たくて協力を申し出ただろうことが容易に想像がつく。

――こういう人が、大企業でも出世していくんだろうな……

優斗には、人を動かす魅力に溢れている。

これは学校で習って身に付けられるものではなく、持って生まれた素養が大きく影響していそうだ。

「怖くないんですか？」

それでもつい心配してしまう。そんな美月に、優斗は平然と返す。

「もちろん不安はあるよ。でも不安だからってじっとしているより、覚悟を決めて、失敗で終わらせないために、できる限りの準備をしていく方が気分はいいよ」

そう話す彼を眩しいと思う。

自分も、彼のように胸を張れる仕事がしたい。

「魔法は使えませんが、頑張ります」

まだ自分になにができるかはわからないけど、その思いだけは放棄したくない。

それだけは約束すると胸を張る美月に、優斗は嬉しそうに目を細めた。


「そういえば、美月ちゃんは、仕事でどんな感じ？」

二人で気ままに周辺を散策し、休憩に訪れたカフェで優斗に問いかけられた。

「色々あって、緊張の毎日です」

咄嗟にそう返した美月は、営業から今のポジションに異動になった経緯を話し、辻村にカンナミの仕事を任せると言われた時はプレッシャーを感じて押し潰されそうになったけれど、優斗と話していて前向きに取り組む覚悟ができたと話した。

「そんなにプレッシャーに感じてたの？」

不思議そうな顔をする優斗に、美月は当たり前だと大きく頷く。

「だってなんの実績もないのに、突然大きな仕事を任されて、私のせいで会社に大迷惑をかけるんじゃないかって、毎日ビクビクしています」

真顔で打ち明ける美月の訴えに、優斗は「そんなの当たり前だよ」と、あっさり返してきた。

「まだまだ新人なんだから、自信がなくて当たり前。自信満々に企画を進める新人の方が、怖くて俺なら信用できないよ。上司が若手に仕事を任せる時は、ちゃんとフォローする心づもりでいるはずだ」

「確かに……」

なにかあった時、怒られるのは美月かもしれないけど、責任を追及されるのは上司の辻村になる。

美月の表情が解れるのを見て、優斗が諭すように言う。

「きっと、美月ちゃんの判断が間違っていると思ったら、辻村さんがちゃんと止めてくれるよ。だから君は、失敗を恐れずどんどん意見を出していけばいい」

そうして、優斗から「一人で社運を背負う覚悟でいたの？」と笑われ、緊張でガチガチになっていた美月の体から力が抜けた。

いくら自分が指名されたとはいえ、会社だって辻村だって、カンナミとの大きな仕事を新人の美月一人に任せるなんて危険を犯すわけがない。

プレッシャーで低下していた思考能力が戻ってくる。

優斗が言うとおり、辻村は厳しい人だけれど、無責任で意地悪な仕事をする人ではない。

そんな当たり前なことがわからなくなるくらい、自分はまだまだ社会人として未熟なのだ。そのことに気付かせてくれた優斗に、美月は素直に感謝した。

「なに？」

美月の眼差しに気付いた優斗が、照れくさそうにはにかむ。

「なんて言うか……」

こんな甘やかな視線を向けられた状態で、感謝の言葉を口にするのは恥ずかしい。

「私も、榎波さんの言葉に気付かされることがたくさんあります」

お礼を言う代わりに、そう説明して、美月は唇を尖らせて自分のカップに口をつけた。

そんな美月の表情を味わうように、優斗も目を細めて自分のカップを口に運ぶ。

互いの気配を感じながらお茶を飲む沈黙、以前の美月ならただただ緊張してしまいそうな状況が、今の美月には不思議と心地よかった。

夜になり、二人は歩いてレストランへ向かう。
優斗が予約してくれたレストランは、美月でも名前を知っている有名店だ。
雑誌のクリスマス特集などでもよく取り上げられるその店は、彼が泊まるホテルに近い商業ビルの最上階にあった。

「この時季だと、まだ外は明るいな。どうせなら、夜景を見せたかったんだけど」

ガラス張りのエレベーターから見える景色に視線を向け、優斗が残念そうに言う。

彼の視線を追いかけると、眼下の道路を走る車はライトを灯(とも)しているが、ビル群の向こうに見える空の裾(すそ)はまだ明るい。

出会った春に訪れていれば、夜景を眺めながら食事を楽しめたのだろう。

「あの日は、ごめんなさい。榎波さんにもお店にも、ひどく失礼なことをしました」

美月とのデートのためにと、せっかく優斗が予約してくれたのに、二人でここを訪れることはなかった。

あの日、同情されていることにも気付かず舞い上がって都合のいい夢を見ていた自分が恥ずかしくて、逃げるように帰ってしまったからだ。

でも冷静に考えれば、自分のために店を予約してくれた優斗にキャンセルをさせたのだ。それは彼に対してもお店に対しても、迷惑なことだっただろう。

眉尻を下げる美月を見て、優斗が「大丈夫だよ」と、微笑む。

「もし気になるなら、その分また一緒に食事に来てくれればいい。そのついでに、美月ちゃんと季節ごとの景色を確かめていけたら、二人の思い出になっていくし」

「……」

「そういえば、あの日、俺の車に残していった美月ちゃんの服、クリーニングに出して預かっているんだ。それを返すために、また来週もデートしよう」

そうしよう、と、確認してくる優斗の視線は、二人の関係がまだまだ続くのだと語っている。

「なんだか、どんどん榎波さんのペースです」

優斗に対して誠実でいたいと思うから、返事ができずにいるのに、気が付けば、すっかり彼に絡め取られてしまっている。

「躊躇って、欲しいものを逃すなんて冗談じゃない。それに、美月ちゃんを後悔させない自信もある。だから、難しく考えないで俺のものになってよ」

優斗は美月の手を取り、強気な笑みを浮かべて囁く。

低い声や、艶っぽい視線。

彼の何気ない仕草の一つ一つが、美月の心を騒がせる魅力に溢れている。

自分を見つめる彼の眼差しが、狙った獲物を逃がさないと言外に語っていて、見つめられると落ち着かないし、彼の言っていることが正しい選択のように思えてくる。

人によっては、相手の心を動かすその魅力をカリスマ性と呼ぶのかもしれない。

彼の放つ引力に引き寄せられて、心が離れられなくなっていく。

今日一日ずっと手を繋いでいたからか、しっとりと自分の肌に馴染んでいる彼の体温を感じて、それが急に恥ずかしくなる。

そんなことを考えているうちに、エレベーターが最上階に着いた。

手を繋いだままエレベーターを降りようとする優斗を止め、美月は恥ずかしさからそっと手を解く。

残念そうに肩をすくめつつ、優斗はエレベーターの開ボタンを押して、美月が降りるのを待っていてくれた。

「ありがとうございます」

お礼を言う美月に優斗がクシャリと目尻に皺を寄せて嬉しそうにする。その表情がなんだか可愛くて、手を離したことを少し後悔した。

――駄目だな、私……

こういうところで、恋愛偏差値の低さが出てしまう。そんな自分を残念に思いつつ、美月は優斗と並んでフロアに歩み出た。

最上階のフロアには、優斗が予約してくれた創作フレンチのレストランの他にも、鉄板焼きやバーなど、いくつかの店が入っているようだ。

共同フロア部分も落ち着いた雰囲気で、大人をターゲットにした洒落たフロア作りが徹底されている。

「あれ、偶然!」

その時、突然こちらに向かって声が投げかけられた。

聞き慣れた声に反応して振り向くと、そこにはよく見知った人の姿があった。

「舞子？」

どうして彼女がここに……と、内心で戸惑う。しかし、共有スペースのソファーに座っていた舞子は、跳ねるように立ち上がり、こちらへと駆けてくる。

舞子の隣に腰掛けていた男性が、控えめに会釈（えしゃく）してくるので、舞子の連れなのだろう。

その男性の姿に、美月は違和感を覚えた。

言い方が悪いが、舞子のデート相手にしては、特徴のない人だと思った。

もちろん彼女のデート相手を全て知っているわけではないが、舞子がいつも見せてくるデートの写真には、わかりやすく見栄えのいい男性が一緒に写っていた。ソファーに座っている彼は、そういう人たちと、真逆の雰囲気を醸（かも）し出している。

そんなことを考えている間に、舞子が美月たちの前に立った。

そして舞子は、こちらに顔を寄せ囁（ささや）くように言う。

「あの人、職場の先輩で、どうしてもって誘われて断れなくてデートしているんだけど、ホテルに連れ込まれそうな雰囲気だから帰りたくて困ってたの。このまま美月たちと合流してもいいかな？」

職場の先輩だから無下（むげ）にできなくて、と消え入りそうな声で話す舞子は、今にも泣き出しそうな顔だ。そんな顔で見上げられると、同性の美月でも庇護欲（ひごよく）を掻き立てられる。

でも……

心配する反面、内心で首をかしげた。

昼間、美月にカフェ巡りに付き合って欲しいと言っていた舞子が、突然、断れないほどしつこい先輩の誘いを受けてデートをしているというのを奇妙に思う。

しかも、美月が優斗と行くと告げた店の前で会うなんて、偶然で片付けるには、どう考えてもおかしい。

だからといって、困り果てた様子の舞子をこのまま放っていくのも気が引ける。

どうすればいいだろうと優斗を見上げた時、舞子が美月の腕を掴んで言った。

「私たち、友達でしょ？　見捨てたりしないわよね」

そう言われてもこればかりは、美月一人の判断で決められることではない。

「なるほど、よくわかった」

スッと冷めた空気を吐き出すように、優斗が言う。

その声色の変化に気付かない舞子が顔を輝かせた。優斗はそんな彼女から視線を逸らすように、ソファーに取り残されている男性へ足を向ける。

「あっ……」

どこか焦った声を漏らす舞子の見ている先で、優斗は男性と二言三言言葉を交わすと、舞子と視線を重ねてふっと笑う。

艶やかなその笑みは、相変わらず蠱惑的で男性的な魅力に溢れている。

しかし、舞子に微笑みかける優斗の姿に、美月は今まで経験したことのない感情が胸に湧き起こるのを感じた。

肌の下を暗いさざ波が駆け抜けていくような感覚に戸惑いつつ、隣の舞子を見る。

わかりやすいイケメンが好きな舞子のことだ。てっきり優斗に微笑まれて喜んでいるだろうと思ったら、何故か表情を強張らせている。

「俺たちが手を貸さなくても、問題ないようだ」

戻って来た優斗は、そう言って美月の腰に手を添えた。そして、優雅に舞子に微笑みかけ、男性のもとへ戻るよう告げる。

「え、でも……」

躊躇う美月が舞子を見ると、彼女に視線を逸らされてしまった。

「私は、美月のこと心配してあげたのにっ！」

ヒステリックに叫んだ舞子は、一人でエレベーターホールへ足を向ける。

それを見た男性が、ソファーから立ち上がり慌てて追いかけて行った。

慌ただしく立ち去る二人を見送った優斗が、美月の腰を軽く叩いて合図する。

「行こう」

「今の、どういう意味ですか？」

「わからない君が、俺は好きだよ」

去って行く舞子を気にする美月に、優斗が優しく言う。

そして「続きは食事をしながら」と、美月をレストランへ促した。

◇　◇　◇

「それで、さっきのはどういうことだったんですか？」

ウエイターにワインの注文を済ませた優斗は、自分の向かいに座る美月に視線を向けた。

街を見渡せる窓辺の席に案内され、注文を済ませるまで黙って待っていたようだが、これ以上は待てないといった様子でこちらを見てくる。

「さっき？」

美月の言いたいことは、もちろんわかっている。

でも目を丸くして心底不思議そうな顔をする美月の表情が可愛くて、わざととぼけてみた。

「舞子のことです。会社の先輩と、デートしていたんじゃないんですか？」

とぼける優斗に、焦れたように美月が言い募る。

そのタイミングで、ウエイターがワインを運んできたため会話が途切れた。

一通りワインの説明を受け、ウエイターが席を離れると、優斗はグラスを揺らしワインを空気と馴染ませる。その仕草を黙って見守る美月だが、目は不満げだ。

少しつり目な彼女の瞳は、悪戯するのを我慢させられている仔猫のようで見ていて飽きない。

もう少しその表情を楽しみたい気持ちはあるが、あまり焦らして彼女に嫌われては元も子もないので、この辺で答えを告げる。

「俺はさっき、連れの男性に『こんにちは、今日は人が多いですね』と、普通に挨拶をしにいっただけだよ。そのついでに、彼女に微笑みかけた」

「それだけですか？」

不思議そうな顔をする美月に、優斗は薄く微笑み頷く。

「そうだよ」

その説明に、美月はどこか納得のいかない顔をしている。

彼女がそんな表情をしているのは、それだけ彼女の心が善良である証拠だ。

そのことを嬉しく思いながら、優斗は先ほどのやり取りについて説明する。

「君の友達は、連れの男性ではなく、自分の嘘から逃げたんだよ。人は目に見えている世界を、自分の価値観で、いくらでも歪められるものだから」

美月の友人が、本当に彼女の言った通りの状況だったなら、連れの男性と話す優斗に安堵するはずだ。しかし、それがないとなると考えられる理由は一つだろう。

自分の嘘が見抜かれたと悟り、焦ったのだ。

だいたい、あれほどあからさまに自分と美月の間に割り込んでこようとした我の強い彼女なら、好まない相手の誘いぐらい自分で断りそうなものだ。

「……？」

優斗の説明に、美月はまだ意味がわからないと眉根を寄せている。

その表情を肴に優斗はワインを一口飲んでから続ける。

「彼は会社の先輩ではなく、彼女が強引に誘われたわけでもなく、身の危険を感じているというのが嘘だったら？　もっと言えば、彼女の言ったことが、全部ここで俺たちを待ち伏せするための嘘だとしたら？」

彼女がこの場所にいた理由はわからないが、十中八九、美月から聞き出したに違いない。

それで、自分たちを待つ間の暇潰し、もといお財布代わりに、あの男を呼び出した。おそらく真相はそんなところだろう。

連れ回された上に、あらぬ汚名まで着せられそうになった彼は、気の毒極まりない。

優斗としても、せっかく忙しい時間をやりくりして美月に会う時間を作っているのに、横から邪魔をされては迷惑だ。

それもあって、つい、乱暴な追い払い方をしてしまった。

「でも、そんなこと……」

優斗の言葉を素直に受け入れられない様子の美月だが、その表情を見ると、彼女自身、なにか引っかかるものがあるのだとわかる。

優斗は美月にもワインを飲むように勧める。

ため息をつき、ワインを飲んだ彼女の表情が、ほっと和らぐ。

女性が好むようなスッキリとした甘さのあるワインを選んだが、お気に召してもらえたようだ。

そのことに安堵しつつ、優斗は続ける。

「美月ちゃんは、自分がそんなことをしないから、友達の行動が理解できないのかもしれない。心が健全だからこそ、本能に近い場所で相手を信じようとする。だけど正しい、正しくないに関係なく、自分のプライドのために平気で嘘をつく人はいるんだ。そしてそういう人は、他人だけでなく自分にも嘘をつくから、人を騙すことに罪悪感を抱かない」

「……」

「自分にとって都合のいい世界を作るために、『貴女のため……』なんて言葉で人を巻き込み、自分は正しいことをしてあげていると思い込んでいるから、たちが悪い」

「それは、舞子のことでしょうか？」

「そういう人をたくさん見てきた、俺の経験則だ」

彼女の質問には、肩をすくめるだけに留めておく。

正解は、彼女自身で判断するべきだ。

気付かず生きていけるなら、その方が幸せなことはたくさんある。

ただ優斗は、自分の置かれた環境や経験から、人の嘘には目ざとく気付いてしまうのだ。

どれだけ真面目に努力を重ねても、他者の吐いた嘘に一瞬で世界を歪められ、努力を否定されることはある。

だから優斗は、そんな奴らの嘘に足を掬(すく)われないよう、したたかさを身につけてきた。だが、美月にそうなってほしいとは思わない。

「ただ俺は、さっきの彼女のように、自分のための免罪符(めんざいふ)を『貴女のために……』と偽って振りかざす人間に、君が傷付けられる姿を見たくはない」

「……」

「美月ちゃんは、今のままでいい。でもその代わり、俺に君を守る権利をちょうだい」

――俺なら君を守ってあげられる。

その自信があるからこそ、優斗は余裕のあるふりで美月に懇願する。

でも美月は、その甘言(かんげん)に乗ることなく、首を横に振った。

「誰かに守ってもらわないといけない人には、なりたくないです」

「そうか。それは残念……」

そう呟き、優斗はそっと窓の外に視線を向けた。

またフラれてしまった、と落胆する気持ち以上に、簡単に楽な方に流されない彼女を、愛おしく思う。

夜の闇が濃度を増し、徐々にネオンが本領を発揮し始めている。

「経験則……ということは、榎波さんの周りにも、都合のいい嘘で周囲を振り回して、他人の努力や生き方を否定してしまう人がいるんですか?」

輝き始めた夜景に目を奪われていた優斗の耳に、そんな声が届いた。

声の方に視線を向けると、眉間に皺を寄せ、不満げな顔をする美月と目が合った。引き結んだ唇を小さく尖らせる様子からしても、かなり不機嫌なようだ。

「たくさんいる。俺は目立つから、特に多いかもな」

自分の置かれている状況を思い出し、思わず渋い顔をしてしまう。

ただし優斗は、己のために嘘を吐く奴らなんか気にもとめていない。なんの努力もせず、都合のいい嘘でこちらの足を掬おうとしてくる奴は、実力を見せつけて黙らせるまでだ。

そうやって、自分の信じる道を突き進むだけだ。

そんなことを話す優斗に、美月が悔しそうな顔をする。

「そういうの、嫌です」

「え?」

「だって榎波さんが目立つのは、きっとそれだけ頑張っているからです。それなのに、その努力を否定され、認めてもらうためにもっと努力が必要になるなんて……」

その声には、明確な不満が滲み出ている。

自分に向けられる悪意には気付かないくせに、他人が正しく評価されないことには敏感に反応し怒りを露わにする。

その愚直な優しさが、くすぐったくて胸が温かくなった。

「そうか、よくわかった……」

クスクスと笑う優斗を、美月が不思議そうに見つめている。

「なにがですか？」

「どうして君を、こんなに好きになったのか」

自分の利益を考えず、相手のことを真剣に思ってくれる美月といると心が解れる。

優斗の周りには、自分の利益ばかりを求める古狸(ふるだぬき)たちが多く、そんな彼らと日常的に対峙する自分にとって、美月は眩(まぶ)しいほど稀有(けう)な存在に感じた。

愛おしさを眼差しに込めて見つめていると、美月が恥ずかしそうに窓の外へ視線を向けた。

そんな美月の視線を追いかけるように、優斗も窓の外を見る。

夜の闇がいっそう深まり、ネオンが美しく輝いている。

その光を、今日は一段と美しく感じるのは、美月と同じ景色を眺めているからだろう。

「美月ちゃんは、穏やかで優しい気持ちで世界を見ている。そんな君の隣にいると、俺も穏やかで優しい気持ちになれるんだよ。……思いどおりにならないことが多くて苦しいことばかりでも、美月ちゃんのことを考えると心が解れる。君だったらこの状況をどう思うだろうって考えるだけで、気持ちが少し軽くなるんだ」

外に視線をやり、静かにこちらの話に耳を傾けていた美月の視線が、自分に向けられるのを感じて、優斗も視線を彼女へと向けた。

自分の心に嘘がないと証明したくて、彼女から目を逸らさずに続ける。

「正しく生きていくために、俺には美月ちゃんが必要なんだ」

恋愛スキルが、美月より勝っている自信はあった。

だから時間をかけて慎重に距離を詰めていけば、そのうち彼女に好きになってもらえる。そう思っていたはずなのに、気が付けば情けないほど愚直な愛の言葉を口にしていた。

これまで、こんなみっともない告白をしたことはなかったが、自分のために本気で怒ってくれた美月には、自分も素直な気持ちをぶつけたいと思ったのだ。

「私は、榎波さんに求めてもらえるような、特別なものは持っていませんよ？」

戸惑う様子で問いかけてくる美月に、優斗は軽く頭を振る。

「それは、美月ちゃんが自分の良さに気付いてないだけだよ。君の良さは、俺の方がよく理解している」

そう胸を張れるほど、自分は美月のことばかり考えている。

湧き上がる愛おしさを抑え込んで、時間をかけて恋の駆け引きを続けるなんて無理だ。

「君でなくちゃ駄目なんだ」

真摯（しんし）な愛の言葉を口にする優斗に、美月は顎（あご）に指を添えて考え込む。

やはり最初に彼女を傷付けてしまった自分では駄目なのだろうかと落胆しかけた時、美月が顔を上げて言う。

「身勝手な意見ですけど、榎波さんが舞子に微笑みかけるのを見て、すごく嫌な気分になりました」

それはさっき、連れの男性に話しかけた際、彼女に揺さぶりをかけるためにわざと意味深に微笑んだ時のことを言っているのだろうか。

「……ごめん」

急に話が逸れたことに、彼女の意図を計りかねて困惑する。

思わず謝罪の言葉を口にした優斗に、美月が気まずそうな表情で首を横に振った。

「そうじゃなくて、こういう独占欲って、恋人だけに許される権利だと思うんです」

思いがけない言葉に、優斗の頬が緩みそうになるが、ぐっと堪えて平静を装う。

「俺はお買い得だと思うよ」

すかさず自分を売り込みつつ、目を細めて誘うような笑みを向けた。

どうぞ。と、目の前に差し出されたものを手に取るかどうか、美月はまだ悩んでいる様子だ。

それならばと、優斗は言葉を付け足す。

「それとも、俺は美月ちゃんの最初の恋人になるには相応しくない？」

「そんな……」

慌てる美月に、優斗は静かに安堵の息を漏らした。

「じゃあ、交渉成立だ」

「……」

躊躇いながらでも、美月が頷く姿を見て、優斗は薄く笑う。

――我ながら、強引なやり方だな。

みっともないほどに女に縋って口説くなんて、今までの自分だったらあり得ない体たらくだ。

そもそも自分は、「付き合う」という言葉に、なんの意味も求めていなかった。

だけど美月は、自分とは違う。

彼女がその言葉に、深い意味を感じているのなら、彼女と同じ価値観でその言葉を受け止めたい。

そしてその言葉で、彼女を自分だけに縛りつけてしまいたかった。

恥も外聞もなく口説いてしまうほど、自分は彼女にやられている。

「恋人になってくれてありがとう」

涼しい顔でそう言いつつ、優斗が安堵の息を漏らしたタイミングで、前菜が運ばれてきた。

それに合わせてワインが注ぎ足されると、優斗は改めて美月と乾杯する。

幸せそうに食事をする美月を見るだけで、心に温かな感情が灯る。

触れることのできない温かな存在を確かめるように、優斗はそっと自分の胸に触れ視線を窓の外へと移す。

眼下には、一段と深みを増した宵闇の中でネオンが美しく瞬いている。

「綺麗ですね」

優斗の眺める景色に視線を重ねて、美月が呟く。

「ああ、綺麗だ」

夜景に見とれている美月は、優斗の視線が自分に向けられていることに気付いていない。

◇　◇　◇

「俺の部屋で少し飲み直す？」

レストランを後にし、二人並んでエレベーターを待っていると優斗に聞かれた。

「飲むだけですか？」

わかりやすく警戒心を示す美月を見て、優斗が笑う。

その表情を見ると、自分がひどく子供っぽい質問をしてしまった気がして、恥ずかしくなる。

彼の申し出を受けたことで、自分たちは正式に付き合うことになった。

だけど、ずっと少女漫画だけで知識を得てきた美月には、付き合うことになった男女の正しい距離感がわからない。

「あ、やっぱり……今日は……」

しどろもどろになる美月の腕を引き、優斗はちょうど到着したエレベーターに美月を誘った。

「もう少しだけ、俺に美月ちゃんの時間をちょうだい。怯えなくても、俺は美月ちゃんが望まないことはしないよ」

甘えるように、そうねだる優斗を拒否しきれず、二人だけが乗るエレベーターの扉が閉まった。

美月が拒まなかったことに、優斗がわかりやすく安堵している。

恋愛上級者といった感じの彼らしからぬ表情に、美月の心が解れた。

表情で美月のそんな思いを読み取ったのか、優斗が拗ねたように髪を掻き上げ美月を見る。

「俺も必死なんだよ。こんなふうに恋をするのは初めてだから」

あれほど女性の扱いに慣れている優斗の言葉とは思えないが、それが嘘とは思わない。

きっとそれだけ、心から愛し合える人と出会うのは、難しいということなのだろう。

この出会いは奇跡だ――そんな思いが胸に込み上げてきて、美月は彼と出会ってからの全てが愛おしくなる。

「だったら私たち、どちらも恋愛初心者ですね」

自然と零れた美月の言葉に、優斗が「まったくだ」と、苦笑を浮かべて頷く。

それが面白くて二人でクスクス笑っていると、控え目なベルの音が、エレベーターが地上に到着したことを告げる。

エレベーターが停止するふわりとした感覚の後、扉が開くまでの僅かな時間、優斗と美月の視線が重なった。

視線が重なると、そこに引力が生じるように美月の心が優斗へと引き寄せられていく。

――この人が愛おしくて堪らない。

不意に溢れてきた思いをどう伝えればいいか悩んでいると、優斗の手が美月の頬に触れた。

そして美月の気持ちを確かめるようにゆっくりと、彼が顔を寄せてくる。

優斗に応えて美月が首の角度を変えると、彼の唇が自分のそれに重なった。

重なる唇から、彼の緊張を感じた。

その臆病な口付けに、美月の胸にさっき以上の愛おしさが込み上げてくる。

数秒にも満たない短いキスは、エレベーターが開く気配で終わりを告げた。

優斗に促されてエレベーターを降りた美月は、彼の温度を確かめるように唇を指で触れた。

ふと視線を向けると、美月の無意識の仕草に、優斗が照れくさそうにしている。

そんな彼の視線に気付いた美月が赤面していると、優斗も自分の唇をそっと指でなぞり、幸せそうに目を細めた。

そして美月の手を握ると、軽く手を引いて歩き出す。


「どうぞ」

ホテルに到着すると、カードキーで鍵を開けた優斗は、扉を開けて美月に中に入るように勧めた。

通された部屋の玄関スペースは、美月の思うホテルよりかなり広く、入ってすぐの棚には生花まで生けられている。

柔らかな芳香を放つ花に気を取られて足を止めると、遅れて入って来た優斗が扉を閉め、二人の体が密着した。

「ルームサービスで好きなものを頼んで。もし酔っても、後でちゃんと家まで送るから」

「送らなくても大丈夫ですよ。榎波さん、明日も早いでしょ？」

立ち止まったままの美月が振り返り彼を見やる。

「俺が送りたいんだよ」

そう話す優斗は、部屋に入るようにと美月を促す。そうしないと美月が前に立っているので、彼も進むことができない。

送るという言葉に、つい彼にかかる負担を考えてしまうが、それ以上に少しでも自分と一緒にいようと時間を割いてくれる優斗の気持ちが嬉しい。

「ありがとうございます。私も、榎波さんと一緒にいたいです」

そう言って美月は、優斗の腰に手を回した。

気を遣うことで彼に寂しい思いをさせるくらいなら、正直に自分の気持ちを伝えた方がいい。

それでも自分の中に湧き上がる愛おしさは、感謝の言葉だけでは表しきれない。不慣れな自分をもどかしく思いながら、美月は彼の腰に回す腕に力を込める。すると、優斗が重い息を吐いた。

「困るよ」

嘆息に続いた優斗のぼやきに、美月は、またなにか間違えたのだろうかと不安になる。

美月が困り顔で彼を見上げると、優斗が苦い顔で美月の前髪を撫でた。

「約束は守るけど、好きな女性からこういう可愛いことをされると、男としてはちょっとね」

彼の言葉が意味することがなんとなく察せられ、美月の顔が赤くなる。

なのに、離れがたい気持ちが胸を支配して腕を解くことができない。

「……」

この気持ちをどう説明すればいいのだろう……もどかしい思いで優斗を見上げると、彼が身を屈(かが)める。

その動きに引き寄せられるように美月が背伸びをすれば、二人の唇が自然と重なった。

優斗の唇の感触に、体が蕩(とろ)けそうになる。

美月の髪を撫でる指が、後頭部へ移動して長い髪を絡め取っていく。

柔らかく頭を固定され、首を動かせない状態で、彼の口付けを受け止める。

薄く開いた唇の隙間から彼の舌が侵入して、美月の肌をぞわりとした感覚が包み込む。気持ち悪いのとは違う悪寒(おかん)。

自分の細胞が根底から変化していくような感覚に膝から崩れ落ちそうになる。

先ほどの軽く唇を触れ合わせるだけの口付けとは別格の、彼の存在を美月に刻み付けるような口付けに息もできない。

自分の内側が変化していくのを怖いと思う反面、その変化を促してくるのが優斗だと思うと、怖さよりも愛おしさが胸を占める。

美月が優斗の背中にしがみつき、崩れ落ちそうな体を必死に支えていると、ようやく優斗が唇を離してくれた。

「ヤバいくらいに、俺は君にやられてる。君の全てが欲しくてしょうがないんだ」

少しの感情の動きも逃さないように、優斗が美月の顔を覗き込んでくる。

視線で「美月は？」と、問いかけられているようだ。

左目下の泣きボクロが、今日は一際色っぽく感じる。

吸い寄せられるように彼の顔に指を這わせ、小さなホクロを撫でると、優斗がその手を取り、甲に口付けた。

その感触にも肌がゾクゾクと痺れてしまう。

ほんの数秒唇を重ねただけなのに、世界が一変してしまったようだ。

「私も……」

もっと優斗を感じていたい。

その思いは、言葉ではなく唇を重ねることで伝える。

恋をした経験がなかっただけで、美月だって、この先になにがあるかわからないほど幼くない。

付き合うことになった日に、そこまでの関係に進むのが正しいのかどうかもわからないし、未知の体験への不安がないと言えば嘘になるが、離れたくないという思いの方が強かった。

優斗に腰を抱かれて入った室内は、素泊まりに使うにしてはかなりグレードの高い部屋だった。寝室とパウダールームしかないが、広々とした寝室の絨毯（じゅうたん）の毛足は長く弾力がある。壁際に置かれたチェストには生花が飾られ、大きめのソファーとテーブルも置かれていた。

シンプルながら粋（いき）なデザインのベッドは、シングルではなくダブルサイズだ。

ロビーで目にしたホテルスタッフの洗練された美しい所作に感心していたが、部屋に通されたことで、ここが格式の高いホテルなのだと理解する。

「立派な部屋ですね」

「ああ……ここしばらく出張ばかりで狭いビジネスホテルが続いたから、自分へのご褒美（ほうび）にね。シングルを予約していたんだけど、空（あ）きがあったみたいで、ホテル側が部屋をアップグレードしてくれたんだ」

休日くらい、広々とした部屋で寛（くつろ）ぎたかったのだろう。

納得する美月を見て、優斗は優雅な笑みを浮かべて嘯（うそぶ）く。

「美月ちゃんが来るってわかっていたら、スイートルームにしたのに」

どこまでが本気なのかわからず苦笑いする美月を抱きしめ、「本気だよ」と告げた優斗が、耳元で囁（ささや）いた。

「シャワーを浴びる？」

「……っ！」

その問いかけに、美月はおずおずと首を縦に動かした。

すると、耳元に顔を寄せた優斗が「一緒に入る？」と聞いてきて、ただただ狼狽えてしまう。

弾かれるように見上げた彼は、どこか悪戯っ子を思わせる笑みを浮かべていた。

「そ、それは、刺激が強すぎます……」

彼の腕の中でわたわたと暴れると、逃がさないように腕に力を入れた優斗が笑っているのがわかった。

ひとしきり美月の抵抗を楽しんだ彼は、腕を解き美月を解放してくれる。

「絶対に入ってこないでくださいね」

美月が望まないことはしないと最初に言われたが、つい念押ししてしまう。

そんな美月を見て、優斗が「鶴の恩返しみたいだ」と声を出して笑うのが、恥ずかしかった。

逃げるようにパウダールームに駆け込んだ美月が、シャワーを浴びて部屋に戻ると、入り口から部屋へ戻ってきた優斗を迎える形となった。

「ルームサービスを取っておいた。飲んで待ってて」

そう話す優斗は、フルーツとシャンパンのボトルが載せられたトレイを持っている。

「ありがとうございます」

トレイをソファーテーブルへ運んだ優斗が、不思議そうに美月を振り向く。

「なんで、また洋服を着てるの？」

そう問いかけられた美月は、シャワーを浴びた後、さっきまで着ていた服を着直している。

「これしか服を持ってないからです」

なにか変なことをしたのだろうか、と戸惑う美月に、トレイをテーブルに置いた優斗が、細いフルートグラスにシャンパンを注ぐ。

「浴室のバスローブを使えばよかったのに」

「私が使っていいか、わからなくて」

グラスを手に戻って来た優斗は、それを美月に渡すと肩を抱いて頬に口付ける。

「美月ちゃんの好きにしていい。どちらにしても脱がすから」

さらりと告げた優斗は、再び美月の頬に口付けをして、「少し待ってて」と、甘い声で囁きバスルームへ消えた。

ほどなくすると、シャワーの水音が聞こえてくる。

水音を聞いていたら、明確な輪郭を描かない妄想がぐるぐる頭の中を駆け巡っていく。

けれど、男の人の裸を見たことはないし、なにをどう想像すればいいのかわからない。

暴れる心を落ち着けたくて、手にしたシャンパンを一気に飲み干す。

グラスを傾けると、スッキリした甘さのシャンパンが緊張で渇いた喉を撫でていく。

若干の落ち着きを取り戻した美月は、このまま立っているのもどうかと思い、ソファーへ向かった。

テーブルには、そういう情報に疎い美月でも高級品とわかる銘柄のシャンパンがボトルごと置かれている。それと共に芸術的にカットされた果物が彩りよく盛り付けられた皿も置かれていた。

「……」

空になったグラスをテーブルに戻し、美月は部屋を見渡した。

地方から上京して以来、質素な一人暮らしに慣れている美月には想像もできないが、こういったホテルのルームサービスはそれ相応の値がするのではないだろうか。

テーブルに置かれた品や華美ではないが品よく整えられた室内を見ていると、自分がひどく場違いな場所にいる気がしてしまう。

そもそも男性と付き合うのが初めてなのに、交際を承諾したその日にホテルに行くことが正しいことなのかもわからない。

「どうかした?」

どのくらいそうしていたのだろう。ソファーを前にぼんやり立ち尽くしていた美月が、背後から聞こえてきた声に反応して振り返ると、濡れた髪をタオルで拭く優斗の姿があった。

湿り気を感じる肌にバスローブを羽織る優斗は、ぼんやりしている美月に不思議そうな眼差しを向ける。

「なんていうか、私、ここにいていいのかなと……」

「宿泊者が増えるってことなら、さっきルームサービスを頼む際に話はつけてあるよ」

部屋はダブルなので、差額分を支払えば問題ないということだろう。

でも美月が言いたいのは、そういうことではない。

「そうじゃなくて、この部屋もシャンパンもフルーツも、私には過ぎた品ばかりで……自分がここにいていいのかなって……」

落ち着かない気持ちを打ち明ける美月の声に耳を傾けながら、優斗はソファーに腰を下ろす。そして腕を伸ばし、美月の手を取り、自分の方へ来るようにと合図する。

それに従って近付くと、肘を掴まれ彼の方へと引き寄せられた。

「あっ」

腕を強く引かれたことで美月がバランスを崩すと、優斗が倒れ込んだ彼女の腰に腕を回して自分の膝の上に抱き上げた。

気が付けば、美月は優斗の膝の上に横抱きで抱え上げられている。

美月を抱き寄せた拍子にズレたバスローブから覗く胸板は筋肉質で、自分の背中に回されている腕も太くてがっしりしている。

突然の状況に目を瞬かせる美月を見て、優斗は愛おしげに微笑んだ。

彼は美月を抱えたまま、腕を伸ばしてテーブルの二つのグラスにシャンパンを注ぐ。そして、その一つを美月に渡した。

飲むようにと視線で促されて口をつける。

「美味しい？」

美月が頷くと、優斗は嬉しそうに目を細める。そしてもう一つのグラスを手に取ると、それを飲み干してグラスをテーブルに戻す。

「俺も美味しいと思う。でも……この部屋で、一人でこのシャンパンを飲んでも、きっとこんなに美味しくはない」

「……」

そんなものだろうかと思いつつ見上げ、間近で見る優斗の鼻筋に薄く眼鏡の跡があることに気付いた。

仕事をする時しか眼鏡をしないと話していた優斗の鼻筋に残る眼鏡の跡に、彼がここしばらく仕事中心の生活をしていたのだとわかる。

眼鏡の跡だけでなく目の下にも疲れの跡が見て取れた。

「仕事、大変ですか？　すごく疲れているように見えます」

やっぱり今日は休息に当てるべきだったのでは……そう心配する美月は、腕を伸ばしテーブルにグラスを戻すと優斗の顔に指を這わせた。

「さすがに少し疲れている。だから、俺のワガママをきいてくれると嬉しい」

「……？」

それはどんなワガママだろうかと見上げる美月の手を取り、優斗が手の甲に口付けをする。

「美月ちゃんの居場所は、ここで……というか、俺の隣が美月ちゃんの居場所だと信じてほしい」

自分を見つめる優斗の眼差しに、ひどく真剣な気配を感じてしまう。つまりは、この部屋に萎縮せず、この時間を楽しんでほしいということだろう。

確かに慣れない環境に緊張はするが、美月だって彼と一緒に過ごす時間を楽しみたいという気持ちはある。

「わかりました」

美月が小さく頷くと、彼女の手を離した優斗はその手で美月の髪を撫でる。

「美月ちゃんに出会って初めて、ありのままの自分を知られるのが怖いと思ったよ」

「……？」

それはどういう意味だろうか。不思議そうに見上げる美月に、優斗が真っ直ぐな眼差しを向ける。

「世間にどれだけ恵まれた生まれだと思われても、仕事が順調でも、美月ちゃんに愛されなければ不幸だ」

人の心を動かす魅力に溢れ、貪欲に欲しいものを手に入れてきたであろう優斗が、怖いほど真剣な眼差しで自分を求めている。

彼ほどの男性にここまで乞われて、美月の女性としての本能が疼く。

「私は、どんな榎波さんでも好きです」

優しく愛おしげに髪を撫でる優斗だが、美月は自分へ向けられる彼の目に野性的な光が灯るのを感じた。不意に、出会った日の彼を、猟犬のようだと感じたことを思い出す。一見、人懐っこくて穏やかなのに、ふとした拍子に見せる素顔は狙った獲物を確実に捕らえる獰猛な獣。

彼の視線に、知らず美月の体が緊張で強張る。それを感じ取った優斗が美月の髪に指を絡めてきた。

「その言葉、忘れないで。……ついでに、俺のことは名前で呼んでくれると嬉しいよ」

そう囁きながら、優斗は美月の唇を塞ぐ。

乾かしたつもりでいたが、まだ湿っていたらしく髪が彼の指に絡む。彼の指に髪が絡まることで、思うように首を動かすことができない。

「……っ」

それをいいことに、優斗は重ねた唇を動かし美月の唇を割り開くと、隙間から自分の舌を侵入させてきた。

互いの唇を重ねる口付けだけでも緊張してしまう美月にとって、その行為は刺激が過ぎる。

でも慣れない美月の反応を楽しむように、優斗は口内をゆるりと舌で舐めていく。

その感触に美月がブルリと肩を震わせると、息遣いで優斗が笑ったのを感じた。

急に自分の稚拙さが恥ずかしくなり、彼のように舌を動かそうとするが、優斗の舌がそれより早く美月の舌を先端から付け根まで舐(な)め回してくる。

その初めて感じる刺激に、美月は頭がくらくらしてしまう。

ヌルリとした舌の感触に、美月が、はあっと熱い息を吐く。

息苦しさから、無意識に優斗のバスローブの襟(えり)元を強く掴(つか)んだ。

それを、さらなる刺激を求めていると思ったのか、優斗の唇が美月の耳朶(じだ)を甘噛みし首筋を這(は)い始める。

「あぁ……っ」

不意の刺激に驚き視線を向けると、顔を上げた優斗と目が合った。

彼の目に自分がどう映っているのか、急に不安になってくる。

「あの榎波さん、私……」

「愛してる」

目を見つめてそう言われてしまうと、美月の体から緊張や不安がするりと抜けていく。

美月の緊張の糸が緩むのを肌で感じているのか、優斗は薄く微笑み、覆(おお)い被さるようにして美月の耳元に顔を寄せて囁(ささや)く。

「今その呼び方は、ちょっと困るな」

「……でもっ……だって……あぁぁっ」

からかい混じりに言われても、男の人を名前で呼ぶことを躊躇(ためら)ってしまう。

美月が恥ずかしそうに口ごもっていると、優斗は彼女の耳朶を甘噛みして、舌で耳の穴を刺激してくる。

彼の息遣いを直に感じると共に、彼の舌が立てるピチャピチャという音に片方の耳が支配されてしまう。

その甘苦しい感触に、美月が体を震わせて甘い息を吐く。

「やぁっ、榎波さ……ッ」

再び彼の苗字を口にした途端、耳を甘噛みされた。それにより、この刺激が彼の名前を呼ぼうとしない美月に対する、優斗の抗議なのだと気付いた。

息苦しさを感じるほど肌を密着させて耳を嬲られると、臍の下辺りにジクジクとした熱が燻り出す。

その刺激に耐えかねた美月は、熱っぽい息を吐きながら彼の名前を呼んだ。

「やぁ……ゆっ優斗さん……くすぐったい」

無駄な抵抗と承知しつつ彼の胸を押し、上擦った声で彼の名前を呼ぶと、優斗が耳元で小さく笑った。そしてやっと美月の耳を解放してくれる。

そのことに美月が安堵していると、優斗は彼女の髪に触れていた指を解き、そのまま腕を美月の膝裏に回して抱き上げた。

「キャッ」

不意に抱き上げられたことに驚いた美月は、体を縮めて優斗の体にしがみつく。

「大丈夫だ」

美月の頬に口付ける優斗は、軽々と美月を抱き上げてソファーから離れた場所に設置されているベッドへと運ぶ。

丁寧な動きで美月の体をベッドに横たわらせた優斗は、彼へと視線を向ける美月に引き寄せられるようにそのまま覆い被さってきた。

肘をついて加減してくれているので、全体重をかけられているわけではないが、それでもそれなりの負荷がかかり、自由に体を動かすことはできない。

緊張で顔を強張らせる美月とは逆に、彼女の顔を覗き込む優斗は余裕の表情だ。

美月の反応を探るように、左腕だけで自分の体を支える優斗は、右の手のひらを美月の左胸に重ねた。

「すごくドキドキしてる」

「んっ」

服の上からとはいえ、男の人に胸を触られる。そんな状況に、美月は息ができなくなるほどの緊張を覚えた。

優斗はそんな美月の様子を窺いながら、指先に力を込める。

彼の指の動きのままに、美月の胸が歪に形を変えていく。

「ちゃんとブラジャーもしてるんだね」

手触りでそのことに気付いた優斗は、それを確かめるように美月のブラウスのボタンを外していく。

ブラウスの前を開かれると、ブラジャーに包まれた胸が露(あら)わになる。

「やぁっ」

優斗の眼前に胸を晒(さら)す恥ずかしさに、美月が恥じらいの声を漏らす。

自分に向けられる優斗の視線から逃れたくて両腕を伸ばして彼の目を隠そうとしたが、逆にその手を取られ、頭の上に押さえつけられてしまった。

さっきまでバランスを取ることに使っていた左手で両手首をまとめて頭上に縫(ぬ)い付けられると、自然と背中が反(そ)り、彼に胸を突き出すような格好になる。

「隠しちゃ駄目だ」

そう窘(たしな)める優斗は、反(そ)らせている美月の背中に手を回してブラジャーのホックを外す。

そのまま美月の体のラインを撫でるように優斗が手を動かすと、ブラジャーがズレて美月の豊かな胸が零れ出る。

そこに視線を向けた優斗は、重力に逆らうように美月の胸を掬(すく)い上げ、硬く尖った胸の先端に舌を這(は)わせた。

ヌルリと湿った舌の感触に、心臓が激しく鼓動する。

「やぁっ」

突然の刺激に戸惑い、美月が身悶える。

優斗は美月の反応を楽しむように、強く胸を揉みしだきながら、舌で先端を刺激してくる。

「……っ」

舌での愛撫に翻弄されながら、美月が声を押し殺して身悶えていると、胸から顔を離した優斗が美月を見た。

射抜くような優斗の視線に、美月の鼓動は加速していく。

それと同時に、体の奥から堪えようのない疼きが湧き起こる。

その疼きがもどかしくて美月が脚をこすり合わせると、優斗が深みのある声で命じてくる。

「声も、我慢しちゃ駄目だよ。俺が欲しいのは、君の全てなんだから」

自分に全てを曝け出せと命じる優斗は、そのまま噛み付くように唇を重ねてくる。火照る体に、彼の冷えた舌の感触が心地よい。

美月の口内の熱を求めるように、優斗はねっとりと我が物顔で舌を動かしていく。それと同時に、右手では美月の頬や首筋を優しく撫でていった。

その相反する刺激が心地よくて、美月はトロリと瞼を閉じる。

「ん……ッハァ……」

激しく舌を絡め強く吸われ、深く唇を重ねる。そこから、先ほどより荒くなった彼の息づかいを感じた。

我慢するなと言われたこともあり、濃厚な口付けの合間に鼻にかかる甘い声が漏れてしまう。

「それでいい」

微かに唇を離した優斗が甘く囁く。

その唇を、今度は美月の喉へと這わせていく。

濡れた唇が喉に触れた瞬間、美月の細い喉が震えた。

耐えきれず漏れ出てしまう美月の反応を楽しむように、優斗は濡れた舌を滑らせ、美月の胸元へと顔を移動させていく。

「あんっ」

強く揉みしだく指の隙間から覗く胸の尖りに、優斗の舌が触れた瞬間、美月は背中を反らして甘い息を吐いた。

優斗は自分の手の中に収まる美月の胸に舌を這わせ続ける。

柔らかな胸の膨らみに舌が這う感覚と、チリリと痛むほど肌を強く吸われる刺激に、美月の肌が甘く痺れていく。

じゅるりといやらしい音を立てて胸の尖りを吸われて、胸の奥深い場所がむずがゆくなる。

胸をしゃぶられ、彼の唾液で湿った乳首を指で挟まれ捻られる。

初めての刺激に浅い呼吸を繰り返す美月は、体をビクビクと跳ねさせながら身悶えた。

「可愛いな」

胸から顔を上げた優斗が囁く。

彼は褒めたつもりなのかもしれないが、なにをどうすればいいのかもわからず翻弄されているだけの美月は、ただただ羞恥心を煽られてしまう。

「そういうこと、言わないで……」

愛撫に翻弄され続けた美月が、潤んだ瞳でお願いをする。しかしそれは、優斗の欲望を煽るだけだった。

優斗は頭上で一まとめにしていた美月の手を解放し、左腕を彼女の腰の裏に回す。そうしながら右手で美月の腰を撫で脚の付け根へと滑らせていく。

「あっ……ンッ……駄目」

優斗の右手が向かう場所を察して、美月が慌てる。

甘い吐息混じりの拒絶の言葉を口にして、両手で彼の肩を押した。しかし、圧倒的な力の差はどうしようもなく、彼を止めることができない。

美月の抵抗をものともせず、優斗は美月の腰を浮かせてスカートのホックを外して引き下ろし、下着の上から美月の脚の付け根を撫でた。

「駄目じゃない。……その証拠に、ほら、濡れているよ」

そう言って、下着の上で人さし指を上下に動かしてくる。

優斗の指が滑る感触が、恥ずかしいのに気持ちいい。

「あぁ……あっ……っ」

この状況が恥ずかしくて仕方ないのに、美月の体の奥から淫らな蜜が溢れてきてしまう。

優斗もそれを指先で感じているのだろう。どこかからかいを含んだ声で「嘘つき」と囁き、下着をゆっくりと引き下ろしていく。

愛蜜に濡れた下着が糸を引いて肌から離れていく感触は、それだけで美月をいたたまれない気分にさせる。

「隠さないで、ちゃんと曝け出して」

羞恥心から美月が手で自分の顔を覆うと、すかさず優斗に窘められた。

「……恥ずかしい」

「どうして？　俺はこんなに美月ちゃんを求めているし、美月ちゃんが俺で感じてくれていることが嬉しいのに」

そう言われ、おずおずと顔から手をどけると、自分に熱い眼差しを向ける優斗と目が合った。

以前、美月に求められたいと話していた優斗が、真摯な表情で自分の言葉を待っている。

「私のこと好きですか？」

思わずといった感じで確認する美月に、優斗は真摯な眼差しのまま頷いた。

「もちろん好きだ。愛している。……自分がここまで女性に溺れるなんて、思ってもみなかった」

彼のように完璧な男性に求められていることが、女として純粋に嬉しい。

「……」

端整で凜々しくもある優斗の顔に見惚れていると、優斗が「だから歯止めがきかなくなる」と艶っぽい声で囁き、濡れた肉芽を指で弾いた。

突然襲った脊髄を貫くような衝撃に、美月は喉を反らせて喘ぐ。

「はあぁっんっ」

甘い不意討ちに悲鳴を上げる美月を見つめ、優斗は薄く笑って唇を塞いでくる。

そうしながら、右の人差し指で美月の秘裂をなぞった。

その刺激に、自分の奥からトロリとした淫らな蜜が溢れてくるのがわかる。

自分でもまともに触れたことのない箇所で、優斗の長い指が蠢く。ひどく淫らで恥ずかしいのに、美月の子宮はそれを喜ぶようにきゅんきゅんと収縮する。

鈍い痛みを覚えるほどの収縮に、美月が喘ぐ。

「……ッ…………くぅぅ………あっ」

重ねた唇の隙間からくぐもった声が漏れると、優斗がそれさえも味わうように舌を絡めてくる。

美月の全てが欲しいと語った彼は、貪欲に美月の全てを貪ろうとしているようだ。

強く唇を重ねたまま、優斗の指が美月の秘裂を上下に動く。

男の人と深い口付けを交わし、秘めた場所を触られている。そんな状況に、美月の下腹が甘く疼いた。

今すぐ逃げ出したいと思うと同時に、体の奥がさらなる刺激を求めている。

未知の経験の中、美月の心に彼女の知らない自分が見えた。

それが怖くて優斗にしがみつくと、互いの肌が密着する。

それにより、自然と彼の熱くなった昂りを感じてしまう。

「……っ」

肌で直接感じた彼の熱や硬さに驚き、美月が体を強張らせている間も、彼の指は淫らな蜜を絡めながら妖しく秘所で蠢いている。

優斗の指が動く度に、とめどなく溢れる愛液が美月の内股を濡らす。

肌を濡らすヌルリとした蜜が、自分から滲み出たものだとわかっているからこそ、その感触は美月の羞恥心を刺激した。

優斗は蜜で滑りのよくなった指を、美月の陰唇の割れ目に這わせる。

「ふぁ……あっ」

美月の反応を探りつつ、彼の指が陰唇の浅い場所を何度も這う。

その指が触れる場所を起点に、美月の体全体に甘い痺れが広がっていった。

緩やかに動く指の動きに、堪らず美月が背中を反らせてビクンビクンと身悶える。

「力を抜いて。これじゃあ、俺のものが挿れられない」

唇を離した優斗にそう言われ、余計に体が緊張してしまう。

それでもどうにか体の力を抜こうとする美月に、優斗は愛おしげな口付けを頬に落とす。

だが次の瞬間、意地悪そうに目を細め美月の唇を塞ぐと、蜜を絡めた指で硬くなり始めた彼女の肉芽を再び弾いた。

不意討ちの鋭い快楽に、美月はクッと喉を鳴らす。

優斗に口を塞がれていなければ、甘く淫（みだ）らな悲鳴を部屋に響かせていたことだろう。

美月のそんな声なき声を唇で感じたのか、優斗が嬉しそうに喉を鳴らした。

そして、よりいっそう淫（みだ）らに美月を虐（いじ）めてくる。

舌と舌を絡めながら陰核を指で転がされると、未知の快楽に頭が白くぼやけてなにも考えられなくなってきた。

それでも、彼の指が深く自分の中に沈んできたことで、あまりの異物感に美月の眉間（みけん）が歪（ゆが）む。

「ごめん」

美月の反応の変化に気付き、優斗が美月の口を解放した。

「あっ」

長く濃密な口付けで、くったりとしていた美月だが、彼の体が離れた寂しさに切ない声が漏れる。

彼の温もりを失うくらいなら、未知の経験に対する恐怖や痛みくらい我慢すればよかった。

そんな後悔でいっぱいの美月は、悲しげな視線を優斗に向ける。

指先で唇を拭っていた優斗は、乱れてほとんど脱げかけていた美月の服を全て剥ぎ取り、自分の纏うバスローブも脱ぎ捨てた。

眼前に晒された優斗の裸体は、筋肉で引きしまった均整の取れた体つきをしている。

その姿をぼんやり眺めていると、優斗は脱力している美月の両膝をそれぞれ掬い上げ、左右に大きく割り開いた。

散々蜜で濡れた秘めた部分が、一気に空気に触れる。

「あっ、やぁッ」

突然の状況に戸惑い、慌てて脚を閉じようとするが初めての愛撫に感じきった体には思うように力が入らない。

美月の膝を掴んだ優斗は、そのまま美月の膝を押し広げ、脚の付け根に顔を寄せた。

次の行為を察した美月が、優斗の頭を押さえようと手を伸ばすが、抵抗する間もなく彼の舌が敏感になっている肉芽に触れた。

生温かい舌の感触に、美月は背中を反らせる。

「や……ッ駄目っ……あぁ……ぁっ、汚いっ」

彼の温もりが戻ってきた安堵より、そんな場所に優斗の唇が触れていることの方に焦る。

「汚くないよ」

囁くようにそう告げて、優斗は突き出した舌で美月の肉芽をちろりと舐めた。

「うっ……っ」

指とは異なる淫靡な刺激に、強烈な羞恥に襲われた美月は手で口を押さえて身悶える。

優斗の舌で肉芽を転がされると、あまりの気持ちよさに腰が浮き上がってしまう。

美月の陰唇を指で左右に押し広げ、彼の唇が蜜口に触れる。

さらに、溢れた愛液を拭うように濡れた脚の付け根に彼が舌を這わせると、美月の奥から、また新たな蜜が溢れ出てしまう。

その感触に身悶える美月の姿を楽しむ優斗は、濡れた壁を押し広げ美月の深い場所へ舌を沈めてきた。

尖らせた舌先が、柔らかな媚肉に触れる。

「いやぁ……ぅ」

口ではこの恥ずかしすぎる行為を拒絶しているのに、実際は淫らな愛撫に感じまくっている自分がいる。

シャワーを浴びたばかりだというのに、体は既に汗と愛蜜と彼の唾液まみれになっていた。

快感に疼く体を持て余し、美月はシーツを掴んで身悶えることしかできない。

「わ……私ばっかり……こんなの……恥ずかしい」

与えられる刺激に翻弄され続ける自分が恥ずかしくて、美月が弱々しい声を上げると、顔を上げた優斗が言う。

「やめてもいいけど、よく濡らしておかないと痛むから」

愛液で光る優斗の唇は蠱惑的(こわくてき)で、それを見ているだけで美月の奥が妖(あや)しく疼(うず)いてしまう。

それと共に、痛むという言葉に抵抗する気持ちが萎(な)える。

体を起こし、美月の上に体を戻した優斗は、彼女の顔を覗き込んで言う。

「男だから、好きな女を抱きたいって衝動を堪(こら)えることはできないけど、愛しているから、美月ちゃんに痛い思いをさせたくないんだよ」

そう言って、戸惑う美月を宥(なだ)めるように、触れるだけの口付けをした。

優斗がこんな恥ずかしいことをしているのは、初めて男性を受け入れる自分のためなのだと気付き、愛おしさを感じて子宮が疼(うず)く。

好きな人に体の隅々まで晒(さら)すということは、美月に恥ずかしさと共に、愛される喜びを教えてくれる。

「私は……どうしたらいいですか？」

彼が全身で自分を愛してくれるのだから、美月もそれに応(こた)えたい。

唇を離した優斗に問いかけると、優斗が優しい口調で言った。

「怖がらずに俺を感じて」

そう告げて、再び唇を触れ合わせるだけの口付けをすると、優斗の体の位置が再び下がっていく。

そしてすぐに舌が、美月の蜜口にヌルリと触れた。

「……っ！」

その艶めかしい感触に、美月の踵がシーツを滑る。

だが、今はもう、それを拒みたいという気持ちはない。

好きな人が自分を求め、自分を思ってしてくれる行為。そのことに気付けば、羞恥しかなかった行為が、とても崇高なものに思えた。

するとさっきまでの、感じてしまう自分を恥じる思いは消え、ただ純粋に彼から与えられる快楽に身を任せられるようになる。

そんな美月の心の変化が体にも影響したのか、肉襞に触れる彼の舌の感触に自然と体の強張りが解け、とめどなく蜜が溢れてきた。

そんな美月の反応を見ながら、優斗は彼女の陰唇を押し広げる指を徐々に移動させる。

「あっ！」

舌と一緒に、彼の指が自分の中に沈んでくるのを感じて美月は息を吐いた。

咄嗟に自分の指を噛んで声を堪えたのは、声を上げることで再び彼の体が離れてしまうことが怖かったからだ。

そう思ってしまうくらいに、美月の体は優斗の与える刺激を求めている。

美月が拒まないことを確認して、優斗が指を深く沈めてきた。

溢れる蜜と彼の唾液でふやけた淫口は、ツプツプと抵抗もなくそれを呑み込んでいく。

「俺の指が入っているのがわかる？」

そう訪ねる優斗は、美月の臍の下辺りに口付けをする。

「はい……」

その辺りまで、彼の指が入っているということだろうか。でも痛みはなく、ただむずがゆい痺れが臍の下を起点に湧き上がってくる。

軽く顔を浮かし、美月の様子を窺いながら優斗は指を動かしていく。

深く沈めた指を途中まで引き出したかと思えば、また深く沈めてくる。速度や指の数に変化をつけながら繰り返し抜き差しされるうちに、美月の膣がヒクヒクと痙攣してきた。

優斗は蜜壺に沈めた指を回転させ、媚肉を擦ってきた。そうしながら他の指で肉芽を転がされ、美月の体がより激しく震え始める。

「美月ちゃんの中が、すごくいやらしい動きをしている」

その淫らな催促を、優斗が指で感じ取っていると思うと恥ずかしくて堪らない。

彼の眼差しと指の両方で辱められている気分になるが、それさえも今の美月には快感に思えてしまう。

「あっ……はぁっ………やぁぁぁっ…………っ」

優斗の指が膣内の媚肉を捏ね回す度、美月の体がヒクヒクと震える。

自分ではその震えをどうすることもできない。溢れる嬌声を抑えることもできないまま、彼の腕の中で身悶えているうちに、息苦しさと共に愛おしさが胸に込み上げてくる。

苦しいほどの愛おしさ。その幸福感に身を任せていると、不意に脊髄に電流を受けたような衝撃に襲われた。

さっきまでのふわふわした浮遊感とは比べものにならない強い快楽に、美月の腰がガクッと大きく跳ねて頭が白く霞む。

快楽の頂点に上り詰めた美月は、襲ってくる脱力感に抗うように優斗の肌に指を滑らせて喘ぐ。

「優斗さんっ……もっ……もっと……」

十分すぎる快楽を彼に与えてもらったのに、それでもまだ貪欲に彼を求める自分がいる。

すっかり体を蕩けさせた美月が、潤んだ視線を向けてねだると、優斗が息を呑んだ。

彼は美月の頬に愛おしそうに口付けをすると、中からズルリと指を引き抜く。

それだけの刺激で、美月の腰が震えた。

「美月ちゃんの中に入ってもいい？」

心の扉をノックするように、優斗が優しく確認してくる。

美月が首の動きだけで返事をすると、汗で頬に張り付いた髪を丁寧に払われ、華奢な肩を抱きしめられた。存在を確かめるように美月を抱きしめていた彼は、しばらくして体を起こした。

そして美月がシャワーを浴びている間に準備していたのか、枕の下に忍ばせてあった避妊具を取り出し装着する。

その行為を快楽にぼやけた思考で眺めていると、彼が姿勢を戻した。

優斗が腰を寄せてくると、蜜に濡れた脚の間に昂る彼のものの存在を感じる。

熱く硬いその感触に、美月の陰唇が物欲しげにヒクヒクと動く。

優斗も、美月の疼きを感じ取っているのだろう。

「ゆっくり挿れるから」

囁くように告げた優斗は、自分の右手を添えて硬く漲ったものの角度を調整する。

優斗が腰を動かすと、欲望に滾る男根が美月の隙間に触れ、その感触に緊張してしまう。

「……っ」

肌に触れる優斗の熱さに、彼の興奮を感じ取った。

優斗は自分のものを花弁の割れ目に添って上下に動かし、愛蜜を絡めていく。

「緊張しないで」

美月の緊張を感じ取り、優斗が体を寄せ、美月の額に口付けをする。

下半身では激しい欲望の漲りを感じるのに、自分に向けられる優斗の眼差しは底抜けに優しい。

彼が男女の関係に不慣れな美月に合わせて、緩やかなペースで進めてくれているのだと感じられ、その優しさに愛おしさが込み上げてくる。

性急な展開に、これでいいのかという戸惑いもあったが、彼を心から愛おしいと思うし、そこまで愛おしいと思う人に大事にされているのだから、怖がる必要はなにもないのだ。

そのことに気付くと、美月の体から自然と力が抜けていく。

「……きて」

消え入りそうな細い声で美月が言うと、優斗は美月の額に口付けをしながら体を寄せてきた。

みちみちと皮膚が押し広げられていく感触と共に、優斗との距離が近付いていくのがわかる。

「痛くない？」

気遣わしげに確認してくる優斗に、美月はそっと首を横に振った。

痛みがないと言えば嘘になる。

でもこの痛みが彼から与えられるものだと思うと、痛みは甘美な痺れに変化していく。

「優斗……さんっ」

思いの丈を込めて名前を呼ぶと、彼との距離がさらに縮まり、体が深く密着した。

「美月、愛してるっ」

体の奥で彼の存在を感じながら不意に名前を呼び捨てにされ、心が震える。

見上げると、優斗と目が合った。

自分を見下ろす優斗は、これまでとは違う野性的な男の顔をしている。さっきまで余裕な態度で美月を翻弄していた優斗が、切なげな様子で眉根を寄せて腰を動かし始めた。

スローペースで腰を動かしながら、汗で顔に張り付く美月の髪の乱れを直し、額や頬に口付けをしていく。

「美月の中、すごく気持ちいい」

鎖骨の窪みに口付けをした優斗が満足そうに囁く。

「……」

彼が自分の体に満足してくれている。そのことが嬉しくて仕方ない。

その愛おしさを伝えたくて、美月は彼の背中に腕を回しより体を密着させた。

「できるだけ、今日は早く終わらせるから……っ」

それは美月への配慮なのだろう。

それがわかるから、肌を裂く鋭い痛みも愛おしく、彼に身を任せていられる。

「愛してます」

素直な気持ちを言葉にすると、一瞬だけ優斗の動きが止まった。

「そんなふうに煽られると、優しくできなくなるよ」

低い声で囁くと、優斗の手が美月の腰をしっかりと捉える。

そして、さらに深くまで存在感を刻み付けた。

「ああ……駄目っ！」

苦しいほどの圧迫感に、美月が眉根を寄せる。

「大丈夫。君の中は俺を求めている」

そう告げる優斗の声に、美月の奥がジンと疼いた。

痛みがあるのは確かだけれど、その痛みさえも愛おしい。

美月が息を吐いて体の力を抜くと、優斗が腰の動きを速めて抽送(ちゅうそう)を始める。

狭い膣内を熱く滾(たぎ)る彼のものが何度も擦り上げていく。

その感覚に美月は熱い吐息を漏らした。

「んんんっ……ぅっ……ぅっはぁっ……ぅっ」

痛みと快楽の混じり合う刺激が、甘美な熱となりジリジリと美月の意識を焦(こ)がす。

彼の与える刺激が強すぎて、指先まで痺(しび)れてしまう。

美月が熱い息を吐いて彼に強く抱きつくと、優斗が腰の動きをさらに加速させていく。その動きに追い詰められるように、美月の息遣いも速くなる。

「美月っ」

自分の名前を呼ぶ彼の声は、愛情に溢(あふ)れている。

「優っ斗……さんっ」

初めて味わう快楽に翻弄(ほんろう)されながら、美月も弱々しい声で彼を呼ぶ。

ただ名前を呼び合うだけなのに、愛おしさが互いの胸の間を行き来する。

胸に湧き上がる感情に共鳴するように、美月の中から愛液が溢(あふ)れ出し、それを潤滑油(じゅんかつゆ)にして優斗の動きも激しくなった。

優斗は腰を動かす速度や角度に変化を付けながら、美月の奥を深く浅く刺激した。

「あっ……もう……ぅ駄目……っ」

泣き声にも似た嬌声を上げ全身を震わせた美月に、優斗は熱い息を漏らしながら激しく腰を動かしていく。

「愛してるっ」

そう囁きつつ、優斗が強く腰を打ち付ける。

その激しさが、美月を逃れようのない快楽の果てへと押し上げていく。

「優斗さんっ……」

涙で潤んで白くぼやけた視界の中、美月は愛する人の名前を呼んだ。

次の瞬間、美月の腰がカクカクとわななき、全身で絶頂に酔う。

そんな美月の表情を食い入るように見つめて、優斗は一際激しく腰を打ち付けていく。

直後、優斗が「クッ」と、熱い息を吐き、漲る熱を吐き出した。

その熱を感じた美月は、もう一度背中を反らせて身を震わせる。

「どうしよう」

一度体を離し、役目を終えた避妊具の処理を済ませた優斗が、脱力している美月を抱きしめて唸った。

「……？」

絞り出すような優斗の声音に、美月が不安げな視線を向ける。間近で見つめ合った彼は、嬉しそうに美月の頬に口付けをして言った。

「女性に触れることが、こんなにも崇高なものだと初めて知った。美月と出会って、細胞レベルで生まれ変わった気分だ」

「……私も」

優斗は、自分の隣が美月の居場所だと信じてほしいと言った。それは優斗の希望であり、美月の願いでもある。

——好きな人に求められる自分でありたい。

そのためなら、今までの自分のあり方を変えても構わない。

そう思える強い気持ちが、恋なのだとわかった。

「なにニヤニヤしてるの？」

鼻先まで引き上げた布団で上手く隠していたつもりの顔を、優斗に覗き込まれる。恥ずかしさに美月はより顔を布団に埋めた。

今自分は、恋をし始めている。それも蜜のように甘い、最高の恋を。

それがすごく嬉しいのだけど、それを言葉にするのはさすがに恥ずかしい。

布団に顔を埋める美月を、優斗がからかうように突いてくる。

そのじゃれ合うような愛おしい時間を、睡魔が訪れるまで二人で楽しんだ。

6　恋人の本音

美月がソウマ園芸を訪れたのは、優斗と付き合うようになってから、数週間後の木曜日のことだった。

優斗と過ごした初めての夜から、見える世界や自分の気持ちが大きく変わった気がした。でも実際は、鏡に映る自分はこれまでと変わらず、周囲の人から変化を指摘されることもなかった。

それでも、優斗の顔を思い出すだけで心が温かくなるし、やる気が出る。

彼は、商業施設のリニューアルに向けての仕事と平行して、他に幾つかの仕事を任されているらしく、忙しく動き回っている。

出張も多く、なかなか会えずにいるが、まめに連絡を取り合い、互いの近況を報告し合った。電話の切り際に「愛してる」と、囁(ささや)く優斗の声を聞くと、どれだけ疲れていても心が浮上して、彼が頑張っているのだから自分も頑張ろうと思えるのだった。

それは好きな人に会った時に、胸を張れる自分でいたいからだ。そうすることで、会えない時間を彼と共有できている気がする。

――きっと、これが恋をするということなのだろう。

今までずっと、恋とはふわふわした夢のような時間を過ごすことだと思っていた。だけど、優斗を受け入れて初めて、人を愛することは、自分の仕事や生活の原動力にもなることを知った。

だからこそ、自分に任された仕事に全力で取り組みたいと、ソウマ園芸を訪れている美月は、テーブルを挟んで向き合い資料を確認する壮馬の表情を窺う。

「このエケベリアの緑、もう少し優しくして、先端の赤をくすんだ感じに調整できる？」

壮馬は、美月の持って来た見本に描かれている植物のイラストを一つ一つ確認しながら、色の細かい希望を指示していく。

優しく……という要望に、美月は俯くことで自然に垂れた髪を耳にかけて考える。

「たとえば、このエケベリアの色の濃さを十として、こちらのセダムの緑の薄さを五だとした場合、どのくらいでしょうか？」

美月が同じページに描かれた他の植物を指で示しながら色の濃さを確認すると、壮馬は顎髭を指で擦りながらしばし考え、「六」と返す。

その数字をメモしながら、美月はさらに確認する。

「そうすると、全体的に緑が薄い印象になってしまうと思いますが？」

美月の意見に壮馬は、顎を擦ったまま頷く。そんな壮馬に美月は別の提案をしてみる。

「印象を変えたいのであれば、緑の色はそのままで、赤だけ調整してみますか？」

「なるほど」

頷いた壮馬を見て、美月はまたメモを取った。今回の変更はエケベリアという植物の先端部分だけだが、この意見のやり取りは彼の好みの色使いを理解する参考になる。

そのまま数種類の植物の色味を確認し、納得した様子で頷いた壮馬は、気分転換といった感じで話題を振ってきた。

「そういえば、カンナミとの仕事、進んでる？」

「はい、おかげさまで。その節は、ご紹介をありがとうございました」

美月は、改めてお礼を言う。

「紹介ってほどのことじゃない。で、和倉さんが担当するの？」

「その方向で話が進んでいます」

部外者にどこまで話していいかわからないが、カンナミとの間を取り持ってくれたのは壮馬なので、このくらいの報告は構わないだろう。

「写陽印刷さんがいい仕事をしたから、カンナミの社員さんの目に留まった。それがたまたまウチの仕事だったってだけのことなんだから」

「そう言ってもらえると嬉しいです」

はにかむ美月をしばし見つめ、壮馬は顎髭（あごひげ）を撫でて言う。

「和倉さん、なんだか雰囲気が変わったね」

その指摘に、どうしても優斗の存在が頭を掠める。

毎日顔を合わせる会社の誰にも指摘されなかったことを、まさか壮馬に指摘されるとは思わなかった。

「そうですか？」

表情を変えないよう気を付けながら美月が返すと、壮馬はもの言いたげな視線を向けてくる。だが、それ以上追及することなく話題を変えた。

「よかったら明日、食事にでも行かない？」

不意討ちの誘いに、美月は目を丸くした。

誘った方の壮馬は、なんでもないといった感じでコーヒーを啜っている。

打ち合わせ前に壮馬が淹れてくれたコーヒーは、既に冷めているのだろう。一口飲んで、苦そうに顔を顰めた。

そして視線で美月の返事を待つ。

「……すみません。明日の夜は、約束があって」

自分を誘う壮馬の意図はわからないが、咄嗟に断りの言葉が口をついて出た。

もちろんその約束も、嘘ではない。

「残念。……じゃあ、他の日なら誘ってもいい？　カンナミの仕事を受けるなら、これから仕事で絡むことも増えるだろうし」

壮馬の言葉に、美月は難しい顔で思考を巡らせる。

壮馬もカンナミと仕事をすると言っていた。その前に親睦を深めたいというのであれば、彼との会食は業務のうちだろうから経費で落ちるはずだ。

とはいえ、まだ新米の美月には判断がつかない部分もある。

「一度、社に確認してもいいでしょうか？」

「駄目だよ。これ以上仕事の繋がりが増える前に、男として食事に誘おうとしているんだから」

サラリと返された壮馬の言葉に、美月の頭が混乱する。

「……？」

壮馬の意図するところが上手く読みとれず目を瞬かせる美月に構わず、壮馬は会話を続ける。

「明日はデート？」

「えっと……」

「その表情だと、違うか」

「同級生と、約束があって」

咄嗟に「友達」という言葉が出てこなかったのは、先日の一件で、約束相手である舞子に対して思うことがあるからだ。

「同級生に会うにしては、浮かない顔だね。気乗りしないなら、断れば？　代わりに俺が、美味しい店に連れて行くよ」

「地元が一緒の子だから、そうもいかないんです」

美月は困り顔で肩をすくめた。

あの日の翌日、舞子から話がしたいと連絡をもらった。だが、どこか辻褄（つじつま）の合わない彼女の話を聞くことに気乗りせず、その誘いを断った。

すると、それからしばらくして、舞子と美月、共通の地元の友達から「舞子が、美月が変な男に騙（だま）されているって心配している」と、連絡を受けた。

その友達の話では、舞子は「美月が遊び慣れた男にいいように振り回され、自殺しかねない」「連絡しても返事がない」と口にしていたという。

あまりに荒唐無稽（こうとうむけい）な話に驚いた美月は、それは舞子の誤解だと説明し、とにかく舞子に一度連絡してあげてと言う友達の電話を切った。

似たような内容の連絡をその後二件ほど受けた上に、その噂を聞きつけた親からも心配する連絡を受けた。このままでは地元であらぬ噂を立てられそうな不安を覚え、仕方なく舞子に連絡を取ったのだ。

その結果、明日、食事をしながら舞子と話をすることになった。

そのことを思い出し嘆息する美月は、思い出したついでに、と洒落た店を知っていそうな壮馬に舞子が待ち合わせの場所に指定した店について知っているか尋ねる。

「ああ、最近できた店だな。付き合いで一度行ったよ。見栄えはいいけど、味と価格のバランスが悪いね」

壮馬が忌憚(きたん)のない感想を述べる。

それはつまり、なかなかいいお値段の店ということだ。

舞子に支払いを押し付けられることを心配して、事前にネット検索をしたが価格まではわからなかった。壮馬の意見は、事前の心構えの助けになる。

痛い出費にならないといいが……と、美月は、思わず眉間に寄る皺(しわ)を指先でほぐした。

◇ ◇ ◇

舞子が指定した店は、ベトナム料理を意識した創作料理の店で、内装も洒落たアジアンテイストで統一されており、全体が華やかなリゾート感に溢(あふ)れている。

「金曜日の夜に誘ってくるなんて、相変わらず仕事もプライベートも暇なのね」

翌日、約束の店で舞子と落ち合った美月は、開口一番の彼女の言葉に内心ため息を漏らした。

正しく言わせてもらえば、優斗とは彼が忙しくても時間を工面(くめん)して会う努力はしている。この週末も、日曜に会う約束をしていた。

でもそのことを舞子に告げる気はないので、美月は曖昧(あいまい)に相槌(あいづち)を返すだけに留めておく。

「そういえば、榎波さん、カンナミの社員なら、そのツテで、前に街コンで行った商業施設の年越しイベントのチケットって手に入らない？」

舞子が言う年越しイベントとは、あの施設の最後を彩るためのイベントのことだ。普段は出入り自由な商業施設内に入場制限をかけ、有名アーティストを複数招いてカウントダウンライブなどを行う予定になっている。

まだ詳細は発表されていないが、参加するアーティストの名前が一部先行発表されたことで、イベントへの期待が高まっているようだ。

「そんなコネないよ」

優斗に確認するつもりもないので、そう返しておく。

素っ気なく返す美月に、舞子は「使えない」と、冷めた声を漏らした。

一方的な言われ方に思うところはあるが、そんなことよりも、今日はどうしても舞子に言っておきたいことがある。

「今回のことに、地元の友達を巻き込むのをやめて欲しいの」

注文を終え、一通りの料理が運ばれてきたタイミングで美月が切り出すと、ご機嫌な様子で写真を撮っていた舞子の眉間に皺が寄る。

「それは、私の連絡を無視した美月が悪いんでしょ。私は、美月を心配してあげたのよ」

「だからって、友達に嘘を言うの？　私は悪い男に騙されてないし、自殺なんてしない。それは舞子だってわかっているでしょ？」

舞子にとっては、自分の思いどおりに物事を進める気軽な嘘かもしれない。でも、もしその話が、変な尾ひれがついて噂として広がれば、地元で暮らす親に今以上に心配をかけてしまうことになる。

そんなことを話す美月を、舞子が一笑に付す。

「でも榎波さんに捨てられれば、そうなるでしょ？　美月、遊ばれてることに、早く気付いた方がいいわよ。だいたい、親に心配かけるのが嫌なら、地元に帰りなさいよ」

「榎波さんは、そういう人じゃないから」

この先の二人の関係はわからないけど、優斗のことを決めつけて舞子に語られることは許せない。

不快感を隠さない美月に、舞子の機嫌も悪くなる。

「美月、榎波さんのことどのくらい知ってるの？　仕事は？　役職は？　出身地は？　出た学校は？　年収は？」

矢継ぎ早に繰り出される質問に、美月は目を丸くした。

答えられなければ、自分の方が正しいとでも言いたげな舞子に、つい答えてしまう。

といっても、答えられる質問は二つだけだが。

彼の職業と、実家暮らしと聞いているので、出身は都内だろうと答える。

「なんだ、美月、彼のことなにも知らないんじゃない。榎波さん、美月と適当に付き合って飽きたら別れるつもりだから、自分のことを話さないようにしているのよ」

美月の返答に、舞子が勝ち誇ったように鼻で笑う。

「イケメンで都内出身の大手ゼネコン勤務。榎波さんって、すごくいい物件だから絶対モテてると思う。……そんな人が、三流会社で雑用している田舎出のダサい女を本気で好きになるわけないじゃない。今は物珍しさから一緒にいるだけで、すぐに飽きられるわよ」

「……っ」

物件って……。最初から一人の人間として相手を見ていない舞子の言葉に呆れてしまう。

絶句する美月に、舞子が暴言を重ねる。

「だいたい美月、自分を勘違いしすぎ。なんでまだ地元に帰らないの？　美月のお仲間は、もうとっくに自分の勘違いに気付いいて退場してるのに」

「なに……？」

舞子がなにを言っているのかわからない。怪訝そうに首をかしげる美月に、舞子が見下すように目を細めて言う。

「美月、都内にいるだけで、自分も私みたいにお洒落な生き方ができるとか、本気で思ってないよね？　そろそろ私とは人種が違うって認めて、地元に帰りなさいよ。それが見たくて、今まで相手してあげてたけど、いい加減イライラしてきたんだけど」

「えっ？」

「いいように利用されていることにちっとも気付かないで、友達面してくる鈍さとか、本当に田舎者丸出しで気持ち悪いのよ」

美月を見下す舞子の顔には、はっきりと嘲りの色が浮かんでいる。

舞子とは、意見が合わないところは多いけど、同郷で高校時代からの知り合い。そんな縁もあって、それなりに仲良くしているつもりでいた。

でも舞子は、内心ずっと美月を見下し、馬鹿にしていたのだと思うと悲しくなる。

「美月みたいな鈍い子、早く榎波さんに現実を思い知らされればいいのよ」

違和感を覚えることが多々あっても、友達だと思っていたから、舞子の言動を悪く捉えないようにしてきた。けれど、舞子の言動には、本当に悪意しかなかったのだとわかり、足下から世界が崩れていきそうになる。

「……っ！」

返す言葉が見つからず、唇を噛みしめて涙を堪える。そんな美月の肩に、誰かの手が触れた。

薄いブラウス越しに感じる大きな手のひらの感触に、自然と優斗を想像する。

しかし背後から聞こえてきた声は、甘く掠れた優斗のものではなかった。

「榎波さんにフラれたら、俺が口説いてもいい？」

耳元で色気たっぷりに囁かれて振り向くと、驚くほど近くに壮馬の顔があった。

「壮馬さん、どうして……」

「和倉さんのストーカーになってみた」

驚く美月に、壮馬が悪びれる様子もなく告げる。そして彼は、舞子に冷めた視線を向けた。

「あの……」

突然の展開に目を丸くしていた舞子が、壮馬の視線を受けて表情を取り繕う。

そんな彼女に声をかけることなく、壮馬は美月の側に置かれていた伝票を確認し財布から紙幣を数枚取り出す。

「これ、和倉さんの分」

叩き付けるように紙幣をテーブルに置いた壮馬は、美月の腕を引いて立ち上がらせた。そのついでと言った感じで、舞子を睨んで牽制する。

「あの……」

「昨日の打ち合わせの内容で、少し変更してほしいことがあって和倉さんを捜してたんだ」

手を引かれてもなかなか動こうとしない美月に、壮馬が告げる。

ソウマ園芸の仕事は、まだラフ調整の段階だ。もし変更事案があるのなら電話で済むし、金曜の夜に美月を捜して話したところで、修正は月曜日以降になる。

わかりやすい嘘をついた壮馬は、得意げに目を細めて美月の腕を引く。

「ごめん舞子、急ぎの仕事みたいだから」

彼がここにいる理由はわからない。だが、嘘をついてくれた壮馬に感謝して、美月は彼について歩き出した。

「それにしても、壮馬さん、どうしてここにいたんですか？」

店を出て歩道を歩き出したところで、美月はそっと腕を動かし壮馬の手から離れる。

「言ったじゃん、和倉さんのストーカーになってみたって。昨日の和倉さんが気乗りしてない感じだったから、心配で見に来た」

涼しい顔で話す壮馬に、どう返せばいいかわからない。

そんな美月を見て、壮馬は声を出さずに笑う。

洗いざらしのシャツにデニム。凝（こ）ったデザインのシルバーアクセサリーを上手くアクセントにしている壮馬のファッションは、カジュアルながらお洒落で、自分よりかなり年上のはずなのに悪戯（いたずら）を楽しむ悪ガキのようだ。

「……」

困り顔で見上げていると、壮馬が肩をすくめた。

「昨日、和倉さんにあの店のこと聞かれた時に、あまりいい話をしなかっただろ。後になって、本当にその評価であってたか気になって、確かめに来たんだ」

その言葉に納得しようとしたタイミングで、「そう言えば満足？」と、付け足される。

「なんにせよ、ありがとうございました……そうだ、さっきの食事代は幾らですか？」

店から連れ出す際、壮馬が支払ってくれたお金を返そうとすると、壮馬が手をかざしてその動きを止める。

「ここは男の顔を立てて、俺の奢（おご）りにしといてよ」

「いえ、そういうわけには……」

「そんなことより、和倉さん、カンナミの榎波さんと付き合ってたの？」

直球の質問に、財布を取り出そうとしていた美月の手が止まった。

動揺して目を彷徨(さまよ)わせる美月に、壮馬が寂しげに目を細め、財布を出そうとしていた美月の手を掴(つか)んで下げさせる。

そうしながら、壮馬は美月の目を覗き込んで言った。

「榎波さん、仕事相手に手を出すなんて意外だな」

「それは違いますっ！　榎波さんは、そんな人じゃありませんっ！」

舞子との会話を聞かれていたようなので、付き合っていることを否定してもしょうがない。ただ、優斗の人間性を誤解されたくなかった。

「壮馬さんに紹介していただく前から、榎波さんとは個人的な面識がありました。といっても、数回会っただけで、壮馬さんの紹介がなければ再会することもなかったと思いますけど」

「ふうん……」

美月から手を離した壮馬は、なにかを考え込む様子で顎髭(あごひげ)を撫でる。そうしながら、美月に先を話すように促(うなが)した。

三者三様に仕事で関係があるので、正直に二人の関係を話していいかわからないが、これだけは嘘をつくことなく答えておきたい。

「出会った時から榎波さんは、完璧な王子様みたいな人で、憧れていました。その時は、ただの憧れだったんですけど、再会して、私は榎波さんを好きになりました」

自分の気持ちを正直に伝える美月に、壮馬が言う。

「榎波さん、カンナミ建設の王子様だもんね」

「そうですね。本当に王子様みたいに格好良くて、きっと会社でもすごく女性にモテていそうですよね……」

舞子が美月に対して、あそこまで攻撃的な態度を取ったのは、優斗が魅力的な男性であることが大きいだろう。

美月の言葉に、「ああ、その程度の認識なのか……」と唸る壮馬は、美月から視線を外して、しばらくなにか考え込んでいた。

「なんていうか、榎波さんは、和倉さんの手に余ると思う。ああいうわかりやすくモテる男には、常に彼を狙う女が群がってくる。一緒にいると、さっきみたいに底意地の悪い子に泣かされることの繰り返しになるよ」

そう語る壮馬の声は、とても優しい。

さっきのような状況を見ているだけに、美月のことを本気で心配してくれているのかもしれない。

「……」

壮馬の助言に、自分を侮蔑した舞子の言動が蘇る。

優斗が女性にモテることは、もちろん承知している。彼に思いを寄せる人の中には、きっとさっきの舞子のように、隣にいる美月が気に入らず酷いことを言ってくる人もいるだろう。

でも、そんなことで傷付いていられない。

彼の告白を受け入れた日、「誰かに守ってもらわないといけない人にはなりたくない」と言った自分の言葉を、嘘にしたくなかった。

「そうだとしても、負けません」

瞬時に覚悟を決めて宣言する美月に、壮馬が冗談めかして言う。

「そこで弱気になるなら、付け入る隙があると思ったのに」

つまんないの……。そう言って笑った壮馬は、腰を屈(かが)めて美月と視線を合わせた。

「俺と付き合った方が、気楽だと思うけど？　榎波さんほど資産家じゃないけど、それなりに稼いでいるし、敵は少ないよ」

「壮馬さんは、なんだか軽くて浮気しそうです」

壮馬の口調があまりに普段と変わらないため、愛を囁(ささや)かれているという気がしない。それもあって、美月もつい思ったことを正直に返してしまった。

そんな美月の意見に、壮馬は「バレてる！」と、大袈裟(おおげさ)に胸を押さえて笑う。

美月もつられて笑っていると、姿勢を直した壮馬が言った。

「でも、ハキハキ自分の意見を言って仕事をする和倉さんを、いいと思ったのは本当だよ」

それはつまり、優斗と出会って変化した美月を評価してくれているということだ。

「ありがとうございます」

はにかんでお礼を言う美月に、壮馬はお手上げといった感じで肩をすくめる。

「和倉さん、なかなかの小悪魔だね」

「小悪魔？」

そんなこと初めて言われた、と不思議そうな顔をする美月に、壮馬は苦笑いをする。

「助けたご褒美に食事でも……と、誘っても迷惑だろうから送るよ」

「ここからそんなに遠くないので、一人でも大丈夫ですよ」

「心配しなくても、家までついていったりしない。植物の話でもしながら、少し散歩しよう」

このまま食事に誘われたら、さすがに断りにくい。それを察して、散歩で留めてくれた壮馬に感謝して、美月は彼と並んで歩き出した。

歩きながら壮馬が、一応といった感じで「俺でもよくない？」と確認してくるので、再度丁重にお断りしておく。

何気なく見上げた壮馬は、優斗とは違う男の魅力に溢れている。

昔なら、こんな人に冗談でも告白されれば、多少は心が動いたかもしれない。

だけど美月は優斗に出会い、人を愛することの意味を理解している。だからもう、彼以外の人に心が動かされることはないだろう。

月曜日の朝。美月は息を殺すようにして自分の前に置かれたコーヒーを見つめていた。

──恋愛が順調なら、仕事も頑張れる……

それが働く女性の真理であるなら、逆に恋愛が上手くいかない時は、仕事にも不調が波及するものなのかもしれない。

考えても詮無いことを考えてしまうのは、昨日の優斗とのデートがぎこちないものになってしまったからだ。

金曜の舞子の言葉は、気にしないつもりでいたのに、抜けない棘となって美月の心をむしばんでいたらしい。

やっと会えた優斗に、ぎこちない態度を取ってしまった上に、些細なことで感情的になってしまった。それで優斗と喧嘩になったのなら、ある意味まだよかった。

しかし、感情的になる美月を前にして、優斗はどこまでも優しく、仕事で疲れているのではないか、体調が悪いのではないかと、あれこれ心配してくれたのだ。

一方的に感情をこじらせている自覚はあるのだけど、恋愛初心者の美月には、その感情の処理方法も、相手にどうそれを告げればいいかもわからず、ただただイライラしてしまった。

そんな自分に居たたまれなくなり、早々にデートを切り上げ、家まで送るという優斗を強引に振り切る形でデートは終了した。

いい年をして感情が上手く処理できない自分が情けなくて、自分を気遣う優斗のメッセージにも返信できない状況が続いている。

——こんなことしてたら、嫌われるよね……

美月が優斗をどれだけ愛していても、こんな情けない姿を晒していたら、すぐに愛想を尽かされてしまうかもしれない。

そう思うと、気持ちがますます落ち込み、余計にどんな言葉を返せばいいかわからなくなる。

そんな重い気持ちを引きずって出社すると、不機嫌な辻村から朝一で打ち合わせがしたいと会社の近くにあるカフェに連れ出され、美月の意向を確認することなく喫煙席に通された。

そして、二人分のコーヒーを頼んだ後はだんまりが続いている。

「あの……」

沈黙に耐えかね、美月が唸るように声を出す。すると、無言で細いメンソールのタバコを吸っていた辻村が、不機嫌な表情でそれを揉み消した。

普段人前でタバコを吸わない彼女の、乱暴な仕草に緊張が増す。

「私、土曜日も仕事をしていたのよ。他に誰も出社してなくて、ずっと一人で仕事していたんだけど、そういう日に限って無駄に電話が多いのよね……」

一人休日返上で仕事をしていたことが不満……なんてことはないだろう。辻村の性格からして、そんなことで部下に当たるようなことはしないはずだ。

彼女の不機嫌の理由がわからなくて、美月は体を縮こまらせて次の言葉を待つ。

「おまけに、変な電話まであって……若い女性の声で、『和倉美月は、仕事相手にストーカーまがいの付きまといをしている。そんな女、クビにすべきだ』って、おかしな密告があったのよ」

「えっ！」

思いがけない話に腕がテーブルに当たってしまい、手つかずのコーヒーカップに波紋ができる。

それが治まるだけの時間、じっと美月の表情を観察していた辻村が確認してくる。

「その電話の主に、思い当たる人がいるみたいね」

辻村が言う電話の主は、十中八九舞子だろう。いくら美月が気に入らないからといって、あまりの仕打ちに打ちのめされる。

「……はい。でもストーカー行為なんてしていません」

そう返しながら、自分を嘲笑（あざわら）った舞子の顔が脳裏に蘇（よみがえ）る。

もしあそこで壮馬が連れ出してくれなければ、美月はあのままずっと、舞子に否定され続けていたのだろう。あの時は聞かずに済んだ舞子の暴言が、今になって自分を追いかけてきたような気分になった。

「わかってる。電話の内容は、和倉さんの名前以外曖昧（あいまい）な話ばかりで、貴女を貶（おとし）めることが目的って感じが伝わってきた。話を聞くのも面倒くさいから、『非通知にするのを忘れてますよ』って言ったら、すぐに切れたわ。……残念ながら、実際は非通知になっていたから、番号はわからなかったけど。顔や名前を晒す覚悟のない雑音を、私は信じない」

くだらないと息を吐く辻村は、新しいタバコに火を点ける。

「やってることのわりに小心者みたいだから、たぶんもう電話してこないと思う。だから、今回は会社に報告しないでおくけど、そういう電話があったことは頭に入れておいて」

どうやら辻村が怒っているのは、美月にではなく、無責任な電話の主に対してらしい。

「ご迷惑をおかけしました」

美月が深く頭を下げると、辻村が居心地悪そうに息を吐いた。

「そう思うなら、仕事で返して。嫌がらせを受けるってことは、仕事であれプライベートであれ、それだけ貴女を高く評価して脅威を感じている人がいるってことよ。社会に出て、自分の足で生活していれば、嫌な思いをすることは多々あるの。自分に非がないなら、稚拙な嫌がらせは勲章だと思っておきなさい」

素っ気なく返されるが、その素っ気なさがありがたかった。

「ありがとうございます」

さっきとは違う意味でもう一度頭を下げると、辻村は目尻に皺を寄せて小さく笑う。

厳しい姿勢で仕事をこなす辻村は、いつも凛と前を向いていて美しかった。自分も彼女のように、くだらない嫌がらせに屈せず、常に前を向いていたいと思う。

美月の表情が和(やわ)らいだのを見て、辻村はタバコをくゆらす。

「この件はこれで終わり。あと、いい機会だから言っておくけど、カンナミの榎波さんとの仕事は、色々な種類のトラブルが起こる可能性があるから、気を付けて対応してちょうだい」

辻村が美月と優斗の関係に気付いている雰囲気はない。それなのに優斗を名指ししてくるのは、どういう意味があるのだろう。

二人の関係を報告するべきか悩んでいると、辻村は、声のトーンを落として言う。

「私の大学の同期がカンナミの社員で、そこから入ってきた情報だけど……榎波さん、カンナミグループの創業者一族の御曹司なんですって」

「えっ！」

思いもよらない優斗の素性に、驚きの声しか出てこない。

目を丸くして硬直する美月の姿に、辻村も共感の意を示す。

「私も驚いたわ。今は社会勉強のために一社員として勤務しているそうだけど、数年後には、出世コースを進むのが決まっているそうよ。でも、それを面白く思わない古参の社員も少なからずいて、今回の商業施設のリニューアルについても相当意見が対立しているらしいわ。同期の話だと、榎波さんも、このタイミングで急にコンセプトを見直したいとか言い出して、周囲を混乱させているみたい」

辻村の指に挟まれたタバコから上る煙を眺めながら、美月は優斗が自分のことを美月に話さない理由を理解した。

最初から、優斗の暮らしの豊かさや育ちの良さは感じていた。

服装や上質な持ち物、家族に借りたという車、高級レストランやハイクオリティなホテル。そういったものに馴染んでいる彼の姿は、大手企業に勤め、実家暮らしという説明では納得しきれないものがあった。

休日返上で仕事を頑張っても、周囲に評価されていない理由。そして、彼の纏う雰囲気や、人の心を動かす魅力がどこからくるのか……

上手く説明できずにいた違和感に、今さらながら納得がいく。

「……」

黙り込む美月を気にすることなく、辻村が言う。

「まあ、ウチはウチの仕事をするだけで、相手に媚びたりする必要はないけど、少し面倒な背景を持った人を相手にしているってことだけは念頭に入れておいて」

静かな口調でそう言い置くと、辻村はこのまま打ち合わせに行くからと、伝票を持って先に席を立った。

立ち上がり腰を折って辻村を見送った美月は、彼女が店を出て行くと、再びソファーの背もたれに体を預けて瞼を閉じた。

王子様のようだ……と、優斗に抱いた感想は、どうやら見当違いではなかったらしい。

——御曹司なんて、恋愛初心者の私には荷が重すぎる。

閉じた瞼を両手で覆い、美月は彼とのこれからについて思考を巡らせた。

でも、優斗を諦められるのかと問われれば、答えは「ＮＯ」だ。

彼と出会い、彼に恋をして、自分はどんどん変化してきた。

そんな自分を誇らしく思うのであれば、彼を諦めなくていいくらい、これからも成長していくしかない。

そのためになにができるだろうか……と、両手で顔を覆ったまま美月は必死に考えるのだった。

——会って話したいことがあります。

さっきスマホに届いたメッセージを思い出して、優斗はそっと息を吐いた。

会いたい、話したいと、美月に言われれば嬉しいはずなのだが、先日のデートが不調に終わり、その後送ったメッセージにも返信はなかった。

そして、やっと美月から送られてきた返信がそれだったので、ついあれこれ考えてしまう。

その気配に、テーブルを挟んだ向かいで書類を確認していた壮馬が視線を向けてくる。

現在進めている商業施設のリニューアルについて、施設内の植物や店の配置イメージを相談するため、壮馬と商業施設を見て回っている最中に雨が降り出したので、雨宿りをかねて打ち合わせのためにカフェに立ち寄ったところだった。

今は仕事に集中するべきと、優斗は気持ちを切り替える。

「失礼。ちょっと気になることを思い出して」

「なにかトラブルですか？」

さして興味のない様子で問いかけつつ、壮馬は視線を書類に戻す。とりあえず聞いただけ、という相手の態度に、つい肩の力を抜いて本音を返してしまう。

「いえ、プライベートで少し……」

そう言葉にしてしまうと、切り替えたはずの気持ちが、すぐに美月のことへと引き戻されてしまう。

先日、久しぶりに会った彼女の反応がぎこちなかったのは、たぶん自分に原因があるのだろう。だとしたら原因は、仕事が忙しくてなかなか時間が取れないことだろうか。過去に付き合った女性にも、仕事が忙しすぎて会えないと文句を言われたことがあるので、その可能性は高い。

優斗なりに、時間を見つけては極力連絡するようにしているつもりだが、まだ足りなかったのかもしれない。

これまでなら女性にそう言われたら、面倒くさいと思うだけだった。でも美月がそのことを不満に思っているのなら、申し訳ないと思う反面、少しだけ喜びを感じてしまう。

会えないことが不満ということは、それだけ彼女は自分に会いたいと思ってくれているということだからだ。

美月がもっと会いたいと思ってくれているのなら、どうすれば満足してもらえるだろうか……

それとも、彼女の不機嫌の原因は他にあって、自分はまた無自覚になにかしでかして彼女を傷付けてしまっているのだろうか……

取り急ぎ、今日の仕事帰りに会う約束を取り付けたが、美月の話を聞くまでは、正直気が気ではない。仕事中にプライベートなことに気を取られるなんて自分らしくないが、それだけ彼女にやられているということだろう。

「女性問題？」

チラリとこちらに視線を向けた壮馬は、女性問題なら興味があるといった感じだ。

――興味というか、女性問題なら面白がりたいんだろうな……

癖のある壮馬の笑顔に、優斗は質問を聞き流してだんまりを決め込む。すると書類から完全に顔を上げた壮馬が、代わりにといった感じで口を開いた。

「女性といえば、この前の週末、写陽印刷の和倉さんに食事をご馳走したんですよ」

「え？　食事？」

思いがけず出てきた名前に優斗が反応すると、壮馬がニヤリと笑った。

「彼女、いいですよね。これからも仕事で顔を合わせるし、時間をかけて口説いていこうかと」

どこか挑発するような笑みを浮かべた壮馬は、自分が女性を誘惑するのに必要な男の魅力を持ち合わせていることを承知しているという顔だ。

自信に満ちた壮馬の表情に、優斗の心の奥で、今まで感じたことのない苛立ちと怒りと嫌悪が混ざり合ったような感情が湧き上がる。

もし色で表現するなら黒いその感情を抑えるべく、優斗は、膝の上でグッと拳を作りポーカーフェイスを貫く。

彼女は俺のものだ——強い独占欲が、口をついて出そうになる。

自制心を総動員して、優斗はどうにかその台詞を呑み込んだ。

壮馬は美月の仕事相手でもある。自分の独占欲を満たすためだけに、二人の関係に口を出すわけにはいかない。

仕事の流れで、商談相手と食事をすることくらい自分にもあるではないか。そう自分に言い聞かせ、落ち着きを取り戻そうとしていると、壮馬が追い打ちをかける。

「食事をご馳走した後、家まで送ったんだけど、彼女、帰るとまず一番に加湿器をつけるって、知ってます？」

「へえ……」

書類に視線を落とすフリをして素っ気なく返すが、心中穏やかでいられるわけがない。

まさかと思うが、この男は、美月を送った後、彼女の部屋に上がったということだろうか。

自分はまだ美月の部屋に入ったことがないのに……というか、正確な家の場所さえ知らない。

デートや体の関係を重ね、何度かそういう機会はあったけれど、その度にやんわりと断られ、家の近くまでしか送らせてもらえなかった。

さっきまで美月の話したいことというのは、今の関係をよりよくするために必要な話し合いとばかり思っていたが、他に気になる男ができたという告白の可能性もあるのだろうか……

そこに考えが及ぶと、腹の底からザワザワと湧き上がってくる黒い感情が自分の全身を包んでいく。

自分が怒っているのか怯(おび)えているのかわからない。優斗が、今まで体験したことのない感情を持て余していると、壮馬がテーブルを指で叩く。

音に反応して視線を向けると、壮馬が挑発的に微笑んできた。

「村娘その一といった彼女には、本物の王子様は荷が重すぎる。町の商人っていう俺くらいが、気楽に恋ができてちょうどいいと思いませんか？」

その言葉に冷静さが戻り、優斗は壮馬に睨(にら)むような視線を返した。

嫉妬や独占欲というより、怒りに近いこの感情は、壮馬が美月を正しく評価していないことへの憤(いきどお)りだ。

彼女をそんなふうに見ている奴に、美月への愛を語ってほしくない。

「そんなふうに彼女を見くびられるのは心外だ。彼女は、村娘その一なんかじゃないし、気楽かどうかで恋人を選んだりもしない」

これでは二人の関係を肯定しているようなものだが、黙っていることができなかった。

一見、穏やかで控え目な性格に見える彼女が、どれほど強い意思を持ち、豊かな感性を持っているのか、この男は気付いていないのだろうか。

そのことが、ひどく腹立たしかった。

この先、もし美月の心が優斗から離れることがあるとすれば、それは自分が彼女の愛情に値しない男になった時だろう。

言葉で語りきれない思いをそのままに壮馬へ眼差しを向けると、しばし考え込んだ壮馬がやれやれと首を振る。

「なるほど、確かに失言だった。貴方にそんな顔をさせるのだから、確かに彼女は、ただ者ではないですね」

こちらを挑発するような表情を消し、壮馬が態度を改めたのがわかった。

それを見て彼の気持ちが仕事モードに切り替わったと理解した優斗は、前髪を掻き上げて自分も気持ちを切り替える。

「壮馬さんのご要望どおり、リニューアルに向けての樹木のレイアウトやそれに伴う植物の植え替え等をソウマ園芸さんに任せるよう働きかけています」

「どうも」

そう返す壮馬は、この展開は想定内だったのだろう。当然といった表情で頷く。

その自信たっぷりな表情に向けて、優斗は挑発的な口調で切り出す。

「でもこのままだと、三浦さんの仕事を引き継いだだけになりますよ。それで、三浦さんの鼻を明かせると思いますか？」

優斗の言葉に、自信家の壮馬の顔に苛立ちの色が浮かんだ。その変化に気付かぬフリで、優斗は、テーブルの上に広げた書類を視線で示して提案する。

「どうせなら、三浦さんが途中まで描いたプランを、根底から覆して、よりよいものを作った方が面白いと思いませんか」

優斗が持ってきた企画書に視線を向けた壮馬は、思案するように目を細めて顎髭を擦った。

——彼は自分の提案を受け入れてくれるだろうか……

なんて不安はない。既存の流れに乗ることなく、新しい時代の波を楽しむ彼なら興味を示すはず。しかもこのプランは、大嫌いと公言している相手の鼻を明かすことにも繋がっているのだから。

「面白いですね。俺も一枚噛ませてもらいましょう」

しばし思案した壮馬の答えに、思わず共犯者の笑みが浮かんでしまう。

そんな優斗に握手を求めた壮馬は、癖のある悪ガキのような笑みを浮かべて付け足す。

「和倉さんのことは、引き続き狙いますけど」

「……」

握り合った手に、思わず必要以上に力が入ってしまう。そんな優斗の反応を感じ取り、壮馬がニヤリとまた笑う。

面倒くさい人だ。

そうは思うが、この癖のある人が意外と優斗は嫌いではない。

きっと女性なら、自由奔放（ほんぽう）なこの男に魅力を感じずにはいられないだろう。

なんにせよ選ぶのは美月なのだから、自分は彼女に好きでいてもらう努力をし続けるしかない。

そのためにもここが踏ん張りどころだと、優斗は壮馬とリニューアルに向けたプランについて詳細を打ち合わせていくのだった。

◇◇◇

辻村の話を聞き、美月なりに考えをまとめるのに多少（たしょう）の時間を要した。
それでも気持ちを立て直して、水曜日に、「会って話したいことがあります」と優斗にメッセージを送ったのだ。
優斗からすぐに返信があり、静かな場所で話ができるようにと、二人が出会ったレストランの個室を取ったことを伝えられた。

そして美月は今、優斗とレストランで向かい合って食事をしているのだけど、彼との距離感を計りかねている。

「どうかした？」

チラリと視線を向けると、優斗が穏やかに微笑みかけてくる。

「なんでもないです」

美月はそう返して、優斗の表情を窺う。

彼は相変わらず優しい。

あの日、不機嫌な様子で帰った美月の意図を追及することなく、食事をしながら美月の喜びそうな話題を振ってくれる。でも話をする彼の表情がどこかぎこちない。

美月としても、彼と話し合う覚悟をしたつもりでいたが、いざ優斗と向き合うと、なにをどう切り出せばいいかわからない。

それで互いの真意を探るように、当たり障りのない言葉を交わしながら食事を進めるしかできなかった。

——やっぱり怒ってるのかな……

食事を終え店を出る際、美月のためにレストランの扉を押さえてくれる優斗の顔を見上げると、彼はやっぱりいつもより硬い表情をしている。

店を出ると昼過ぎから降り出した雨がまだ降り続いていて、暗い夜空を見上げれば雨の雫が絶え間なく落ちてくるのが見えた。

まずは謝るべきだろうかと悩みつつ扉を潜る美月が傘を開くと、レストランの扉を閉めた優斗が美月のその手を掴んだ。

「これからどうしたい？　俺は、美月ともっと一緒にいたいんだけど」

そう言って優斗は、美月の手から取り上げた傘をさすと、もう一方の腕を美月の腰に回す。

雨の夜道、濡れた間接照明に照らされる彼の顔は、いつも以上に情熱的な色を帯びている。蠱惑的な男の色気を振りまく彼と視線を重ねているだけで、美月の頬が熱くなった。

「と……とりあえず、静かなところで話を……」

上擦る声で返し、美月はゆっくり歩き出す。美月が歩き出すと、優斗もその歩調に合わせて足を進めた。

チラリと見上げる彼の横顔は、普段の彼らしからぬ硬さがあり、傘を叩く雨の音がひどく大きく感じてしまう。

「その後は？　家まで送っていい？」

しばらく黙って歩くと、覚悟を決めたように優斗が切り出す。

「……？」

話の後、美月を部屋まで送りたいということだろうか……

家まで送ると申し出る優斗の顔に、どこか切羽詰まったものを感じる。

何故今日は、そこまで自分を送りたがるのだろう。

彼の焦りの意味がわからない。不思議そうに首をかしげていると、優斗が感情を持て余したように重い息を吐く。

「壮馬さんには、送らせたのに？」

「どうして優斗さんが、それを知っているんですか？」

足を止め、キョトンと目を丸くする美月に、優斗は苦しげな口調で確認する。

「壮馬さんから聞いた。食事をご馳走して、その後、家まで送ったって」

「え？　送ってもらったのは、駅までですよ」

「ならどうして、壮馬さんは、家に帰った美月が、まず最初に加湿器のスイッチを入れるって知ってるの？」

最初、優斗がなにを言いたいのかわからなかった。

でも数秒考えると、一つだけ思い当たるふしがある。

「駅まで送ってもらった時、ウチの鉢植えの相談から、湿度の話になったんです。私、エアコンで空気が乾燥しすぎるのが嫌で、夏でも加湿器を使っているんですけど、それって植物にとってどうなのかなって、壮馬さんに相談して……」

そう話す美月は、視界から優斗が消えたことに気付いて足を止めた。

振り返ると、隣を歩いていたはずの優斗が、地面に傘を落として道にしゃがみ込んでいる。レストランの敷地から商業施設内へと繋がる場所で、人の流れがそれなりにある。綺麗に整備され足下だけが照らされる薄暗い歩道にしゃがみ込む優斗を、すれ違う人たちが奇異なものを見る眼差しで見ていく。

「え、優斗……さん？」

突然どうしたのかと慌てて傘を拾い、彼が濡れないように傘をさす。そんな美月を、大きな手で半分顔を覆い隠した優斗が見上げてきた。

「食事は……仕事の打ち合わせかなにか？」

絞り出すような声で確認してくる優斗に、美月は首を横に振る。

「成り行きで、食事代を払っていただくことになったんですけど、一緒に食事はしてません」

それも含めて話がしたかったという美月の説明に、優斗は重い息を吐く。

「俺、格好悪いな」

そう呟いた優斗は、立ち上がり、自分の顔を隠すように乱暴に前髪を掻きむしる。

「……？」

心配して見上げていると、チラリと美月を見た優斗が、言いにくそうに打ち明けてきた。

「壮馬さんにからかわれた」

「……？」

一体なにをからかわれたのだろうと不思議に思いつつ、いつもと違う表情を見せる優斗の頬に手を伸ばした。指先に触れる彼の頬が驚くほど熱い。

頬に触れる美月の手を取り、人目を気にすることなく甲に口付けた優斗が言う。

「美月が壮馬さんに心変わりしたらどうしようって、不安になってた。人の心ばかりは、どうすることもできないから」

「……心変わりなんてしません」

自分が不自然な態度を取ったことで、彼にこんな顔をさせてしまった。後悔で眉根を寄せる美月に、優斗が苦笑しながら弱音を漏らす。

「恋の前で、人は無力で愚(おろ)かだよ」

その言葉には頷くしかない。

自分も恋をして、無力で愚(おろ)かな自分に打ちのめされそうになる。あれこれ考えてしまって弱気になりそうになり感情をこじらせて、こんな自分を愛してもらえるわけないと泣きたくなった。

でも……

「私も、優斗さんが好きなので、色々不安になって、拗(す)ねたり悲しくなったり大変です。それでも貴方と一緒にいたいから、そんな気持ちと向き合って強くなりたいと思えるんです」

美月の言葉に、優斗も「確かに」と、苦笑いを浮かべる。

「優斗さんが何者でも、私は貴方の側にいたいです」

「ああ……」

真っ直ぐ見上げる美月の眼差しに、優斗も察した様子で頷く。

そして美月の体を引き寄せて、低い声で囁く。

「ありがとう。お願いだから、俺から離れないで」

囁くような優斗の弱音に、美月の頬まで熱くなる。

「離れません」

美月の宣言に、優斗が愛おしげに目を細めた。

◇◇◇

離れないと宣言した美月の言葉をそのままの意味に捉えた優斗は、美月をホテルへと誘った。

美月自身、二人でゆっくり話し合いたかったし、なにより彼と離れたくなかったので、ホテルへ行くことに異存はなかった。

「とりあえず、シャワーを浴びますか？」

そう切り出したのは、美月の方だ。

美月も少し雨に濡れているが、汚れることも気にせず地面に崩れ落ちた優斗は、濡れるだけでなくスーツもかなり汚している。

「ごめん。ついでに少し、頭を冷やしてくる」

美月の気遣いに、優斗が申し訳ないと肩をすくめてシャワーを浴びに行く。

その背中を見送った美月だが、いつもと違う表情を見せた彼が気になってつい彼の気配に耳を澄ませてしまう。

しばらくすると、バスルームから水音が聞こえてきた。しかし、それきり優斗が動く物音がしない。

もしかしたら、具合が悪くなって倒れているのではないかと不安になった美月は、自分の髪を拭くタオルを借りるついでにと、バスルームをノックしてみた。

美月がドアをノックすると、その音に反応したように、急に水が流れる音と、それを乱暴な手つきで使う水音が聞こえてくる。

とりあえず動く元気があることに安堵して、美月はそっと扉を開けた。

中を覗くと、パウダールームで顔を洗っている優斗の姿があった。

「私もタオルを借りていいですか？」

そう声をかけると、顔を上げた優斗が「ごめん」と呟き、近くにセットされていたタオルを美月に差し出す。

お礼を言ってそれを受け取る美月は、手にしたタオルで自分の髪ではなく優斗の頬を拭きながら首をかしげた。

「お水を持ってきましょうか？」

お風呂に入るつもりだったのか、浴槽にお湯を溜めている音がするが、まだ服を着ている優斗の表情が、どこか硬い。

「大丈夫」

優斗は素っ気なく返して、美月から顔を背けると、他のタオルで顔を拭く。

その姿がいつもの彼らしくなくてさらに心配になる。

「大丈夫そうに見えないんですけど……？　具合が悪いんじゃないですか？」

心配で彼の背中に手を添えて顔を覗き込むと、優斗が美月の手首を掴んでそのまま唇を重ねてきた。

「……っ」

不意討ちの口付けに、美月は息を呑む。持っていたタオルが床に落ちた。

優斗はそんな美月の戸惑いにつけ込むように、もう一方の腕を彼女の腰に回し、口を塞いだまま壁際へと追い込んでいく。

「こういうことだよ」

逃げられないように美月を壁に押し付けて、優斗が言う。

「……？」

意味がわからず美月が首をかしげていると、優斗は彼女の顎を持ち上げて再び唇を重ねてきた。

「うんっ……ふっ……っ」

優斗は、美月の顎を指で押さえ強引に口内に自分の舌をねじ込んでくる。

壁に体を押し付けられ身動きできない状態で舌を絡められた。

息する暇も与えられない激しい口付けに、美月が苦しげにもがく。深く舌を押し込まれているせいで、口内に溢れる唾液を上手く飲み込むことができない。

あまりの息苦しさに、美月が優斗の肩を押して口付けから逃れようとするも、さらに強い力で体を押さえ込まれる。

ぴたりと体を密着させて壁に押し付けられた美月は、激しいキスから逃れることができない。

歯茎や歯列、舌の付け根、口内の全てを彼の舌が撫でていく。

快感を煽る濃厚な口付けは、あっという間に美月の意識に薄いベールをかけ、体を蕩けさせる。

――ズルい……

こちらの質問に答えてくれないまま、口付けで流そうとするなんて。

「……くうっ…………っ」

快楽に溺れてしまいそうになった美月は、どうにか顔を背けて優斗の口付けから逃れた。

「……ッ」

「ちゃんと答えてください。なにを怒っているんですか？」

どこか切羽詰まった様子の優斗に向かって、美月は眉間に皺を寄せて問いかける。

その言葉に優斗が呆れたように息を吐いた。

「怒ってない。大人げない態度を見せた自分が恥ずかしかったから、頭を冷やしていただけだ。それなのに君が来るから……」

そう言って再び唇を求めてくる優斗から、顔を逸らした美月が聞く。

「壮馬さんにからかわれて、悔しかったんですか？」

その問いに、優斗が苦笑いを漏らした。

「バカ。そうじゃなくて、君と壮馬さんに嫉妬しているんだよ」

「……っ」

思いもかけない言葉に美月は目を瞬かせる。そんな美月の顎を持ち上げる優斗の表情は、ひどく不機嫌だ。

「壮馬さんだけじゃなく、君の未来に嫉妬してる。美月が綺麗で可愛いから、この先もきっと、俺は同じような思いを繰り返す。その時、どうやって嫉妬している自分を隠すか悩んでいたんだよ」

「なんのために？」

「……美月に嫌われないために」

不機嫌な表情のまま、優斗は観念したように打ち明ける。つまり彼のこの表情は、怒っているのではなく照れ隠しということだろうか。

——この人が望めば、なんでも手に入るだろうに……

彼は出会った瞬間から、いとも容易く美月の心を魅了してしまった人だ。

「私の全ては、貴方のものです」

優斗に出会って、自分の生き方を変えてしまうくらい、彼のことを好きになった。

きっとこの気持ちは、この先もずっと変わらない。

「じゃあ何故、俺に部屋まで送らせてくれない？」

そんな些細なことを気にしていたのかと、愛おしさを感じつつ美月は正直に打ち明ける。

「それは……私の部屋が、優斗さんの家と違いすぎるから……」

素性を知る前から、彼が育ちのいい人なのだろうということはそこはかとなく感じられた。

そんな彼の目から見て、至って庶民的な自分の暮らしがどう映るのか怖かったのだ。

その気持ちをどう告げようと考えていると、優斗が困ったように返す。

「美月が、俺が何者でも好きだって言ってくれたのと同じで、俺も、美月がどこの誰であっても変わらずに好きなんだよ」

その言葉に、美月は心のどこかで彼を信じ切れていなかったのだと気付いた。

「ごめんなさい。好きすぎて、大事なことを忘れていました」

そう謝って自分から唇を重ねる。

「俺もだよ」

美月の口付けに応えるように、唇を重ねてくる優斗が囁いた。

唇を重ね合わせるだけの口付けを続けているうちに、自然と二人の吐息が重なった。

同じリズムで世界を共有している喜びに安堵し、美月はそっと唇を離す。

「愛しています」

自然と漏れた美月の言葉に、優斗が唇を重ね返す。

「俺も、どうしようもないくらい、君を愛している」

「今度、私の部屋に遊びに来てください。狭いですけど……」

完璧な彼が、みっともなくなってしまうくらい、美月のことを愛してくれている。

美月も、勇気を出してその気持ちに応えたい。

美月の申し出に優斗の頬がわかりやすく緩む。

「ありがとう」

嬉しそうに囁いた優斗は、そのまま美月の頬に手を添え、美月の唇を求めてくる。

頬に触れる彼の長い指の感覚に、肌がゾクリと震えた。

美月に彼を拒む理由はない。

深く重ねた唇の中で、彼の舌が能動的に蠢く。さっきのように美月の言葉を塞ぐための口付けではなく、女性の欲情を誘うことを目的に動く舌に、美月の思考が蕩けていく。

そのまま優斗は美月の腕を引き、床に押し倒すと、その上に覆い被さってきた。

「ここで？」

背中に冷たい大理石が触れる。

「駄目？　俺を拒む？」

ブラウスのボタンを外しながら尋ねてくる彼の口調は、もういつもの調子を取り戻していた。

余裕を感じさせる瞳で美月を眺め、セックスのイニシアティブを取ってくる。

「聞き方が意地悪です……」

背中に触れる大理石の冷たさに身を捩りつつ、美月は彼を詰った。

「困った顔も魅力的だよ」

美月の顔を覗き込み、悪戯っぽい表情で笑った優斗はそのまま口付けをする。

そうしながら彼の手は、美月の体のラインをなぞっていく。

「他の誰かが君を困らせるのは許せないけど、俺の腕の中で困る君の姿は、どうしようもなく魅力的だ」

低い声で囁かれ、彼の手で脚の間を撫でられる。その瞬間、美月の肩が跳ねた。

スカートをたくし上げ、股を撫でる彼の手つきはひどく煽情的で艶めかしい。

そのままスカートの中をまさぐる手がなにを求めているのかを察し、咄嗟に美月は右手で彼の手首を掴み、左手で彼の肩を押した。

でも、手には力が入っておらず、それが形だけの抵抗であることは優斗にもお見通しだろう。

「本当に駄目？」

形としては疑問形だが、彼の目はその答えを知っていると言いたげだ。

美月が返事を躊躇っていると、優斗は低く甘い声で言葉を重ねる。

「俺はこんなに君が欲しくて堪らないのに」

鼓膜をくすぐるような声で囁かれ、下半身を押し付けられる。それにより、美月にもはっきりと彼の昂りが伝わってきた。

彼の熱を感じ取り、美月の体が甘く痺れる。

「……」

こんな場所ですることに躊躇いはあるけれど、優斗の手は、容易く美月から理性を奪っていく。

美月の抵抗が弱まったのを見計らい、優斗は下着の中に指を滑り込ませてきた。

「濡れてるよ」

窮屈な下着の中で秘裂を撫で、優斗が囁く。

「……っ」

そんなことは言われるまでもなく、自分も承知している。

彼の声に魅了され、与えられる愛撫に体はとうに欲情しているのだから。

けれど、優斗の声でその事実を告げられると、さらに体の奥から熱い蜜が溢れてきてしまう。

それを、優斗も指先で感じ取っているのだろう。

「嫌がるくせに、いやらしい」

耳元で囁(ささや)く優斗が指を動かし、徐々に硬くなり始めている肉芽を擦った。

「あぁっ」

不意討ちの刺激に美月の脚が床を滑る。

蜜を纏(まと)った優斗の指は、美月の肉芽を転がしながら割れ目を繰り返しなぞる。

そうやって甘い痺(しび)れで美月の体を支配しつつ、彼は妖艶(ようえん)な瞳で問いかけてくるのだ。

「それとも、俺を焦(じ)らして煽(あお)ってるの？」

「違……っ」

そんなことはしないと、慌てて首を横に振る。

でも優斗は、信用できないと言いたげに目を細めるだけだ。

「俺は、抵抗されると余計、美月を虐(いじ)めたくなる」

そう言うなり、彼の指が一本、美月の中へと沈んでくる。同時に、敏感になった肉芽や陰唇をくすぐられた。

「ああ……ぁっ！」

下着の中で窮屈(きゅうくつ)そうに蠢(うごめ)いている優斗の指から逃れられない。

それがもどかしくて美月は、自ら下着に指をかけた。

「やっぱり誘っている」

悪戯(いたずら)な笑みを浮かべてそう囁(ささや)かれると、下着にかけた指が止まる。

美月が恥ずかしさに俯（うつむ）いていると、優斗は体を支えていた方の手で優しく彼女の頬を撫でた。

「もしくは俺が、どうしようもなく君にやられている。……君が俺の腕の中で、俺しか知らない顔を見せるのが嬉しくてしょうがないんだ」

頬に触れる手は優しいのに、見上げた彼の目は、淫（みだ）らな情熱を滾（たぎ）らせている。

普段は惜しみなく愛情を注（そそ）ぎ、誰よりも美月を大切に守ってくれる優斗だが、こういう時だけは野性的な雄（おす）の顔を覗かせる。

その変貌ぶりに戸惑うものの、彼が雄（おす）の顔を覗かせると、それに共鳴するように美月の雌（めす）としての本能が呼び覚まされ、彼の腕に身を委（ゆだ）ねたくなってしまう。

「あぁっぁっ……せめてシャワーを……っ」

下着の中で蠢（うごめ）く指の刺激に身悶（みもだ）えながら、それでも羞恥心（しゅうちしん）を捨てきれずに訴えると、優斗が手の動きを止めた。

そして艶（つや）っぽく目を細めると、下着の中から手を抜き去り美月の希望を承諾してくれた。

「ＯＫ」

仕方ないといった感じで上半身を起こした優斗は、美月の肩に手をかけ上体を抱き上げ、浮いた背中に手を回してブラジャーのホックを外す。

「……っ」

中断したのでは……と、慌てて前を隠す美月に、優斗が甘い声で囁（ささや）く。

「ここでしない代わりに、一緒にシャワーを浴びよう」

「えっ？　でも……それは……っ」

あれこれまとまりのない思いが、せわしなく頭の中を駆け巡る。

これまでも何度か、一緒にお風呂に入らないかと誘われたことはあったが、恥ずかしいからと頑なに断っていた。

優斗も美月が本気で恥ずかしがっているのがわかり、強く求めてくることはなかった。

いつもより、ちょっと意地悪な彼には、有無を言わせない雰囲気がある。

「それとも、このままここで続きをする？」

そう問いかけながら、優斗は手際よく美月の服を脱がせていく。

「それは……」

パウダールームは比較的広いが、このままここでそういった行為に及ぶのには抵抗を覚える。

美月が答えを返せずにいる間に、優斗はすっかり美月の服を脱がせてしまった。

そして自らの服も脱ぎ去ると、そのまま美月をバスルームへと連れ込んだ。

既に優斗がお湯を溜め始めていたので、バスタブにはあらかたお湯が入っている。

「あの……キャッ」

バスルームに入り優斗がシャワーのコックを捻ると、勢いよく冷たい水が降り注いでくる。

水の冷たさに、鳥肌が立った。

だが、水はすぐに温かなお湯に変わり、優斗はそのお湯を馴染ませるように、美月の肌を撫でていく。シャワーヘッドから降り注ぐお湯が、肌の上で跳ねる。

彼の手と異なるお湯の感覚に、美月がぶるりと腰を震わせている間に、優斗は備え付けのボディーソープを泡立てていく。

「洗ってあげるから、逃げないで」

背後から包み込むように体に腕を回され、そのまま胸を撫でられる。

ゾクリと再び美月の腰が震えた。

「優斗さん、今日……変です」

「うん。変だ。君に恋してからずっと、俺は平常心を失っている」

そう言って、彼は美月の体を大きな手で撫でていく。

胸の膨らみや、下肢の薄い茂みを泡のついた指で撫でられる。これまで体験したことのない妖しい刺激に、腰から力が抜けそうになった。

泡だらけの手で肌を撫でられる度、その艶めかしい感触に美月は堪らず腰をくねらせる。けれど、胸と下半身を彼の腕に捕らわれていて、逃れることもできない。

「ふぁ……っ……ぁっ」

美月の体から力が抜け、優斗の腕にぐったりともたれかかる。優斗は、満足そうに美月の背中に自分の肌を密着させながら言う。

「どうしようもなく、君にやられてるんだ」

耳に直接息を吹きかけるように囁かれ、背筋にゾクゾクした痺れが走る。

それと共に、自分の体の奥深いところから熱いものが溢れてきた。

「私も……」

好きな人に愛してもらえる自分でよかった。

そんな美月の気持ちは、指先でわかるのだろう。美月の膣口を丁寧に洗う優斗が、微かな笑みを含んだ息を吐く。

その息遣いにも、美月の体は敏感に反応してしまう。

「これじゃ、洗ってもきりがない。一緒に入った方が早いな」

美月の高揚を指先で感じ取った優斗は、手早くシャワーで体の泡を流すと、美月の手を引き湯船に入る。

「おいで」

先に湯船に入った優斗に誘われ、美月はおずおずと浴槽を跨ぎ、背中から抱きしめられる格好で優斗とお湯に浸かった。

「綺麗な景色ですね」

さっきは緊張が先に立って景色を確認する余裕なんてなかったが、白を基調としたバスルームは、広い浴槽に浸かりながら、都内の夜景が窓から一望できるようになっている。

「気に入ってもらえてよかったよ」

優斗は掬ったお湯を美月の肩にかける。

温かなお湯の感触に美月がホッと息を吐くと、同じように背後から優斗の吐息が聞こえた。

「アズマヤドリって名前の鳥を知ってる？」

「さあ？」

初めて聞く鳥の名に、美月が軽く首をかしげる。優斗は、雄が雌の気を引くために綺麗な巣を作る特性のある鳥の名前だと教えてくれた。

そんな鳥がいるのだと感心する。

そんな美月に、優斗は「俺は今、そんな鳥の気分だよ」と、囁いた。

「え？」

「美月の気を引けるなら、なんでもする。……だからもっと俺を好きになって」

縋るような優斗の愛の言葉に、美月の心が震える。

生まれて初めて本気で恋をした人から、こんなにも激しく恋を乞われるなんて奇跡だ。

その喜びが、相手と触れ合った肌から行き来する。

背中で感じる彼の鼓動が、自分と一体化していく喜びに、美月がそっと瞼を伏せた。

裸の優斗に抱きしめられるのは初めてではないけど、水に濡れた状態で抱きしめられるというのはまた違うものがある。

「……っ」

肩を撫でるだけだった手が、美月の胸の膨らみに触れた。

「すごくドキドキしてる」

美月が背中伝いに感じていることを、優斗も美月に触れた手で感じているだろう。

そのことが恥ずかしいより嬉しい。

「好きな人に触られてるから」

美月が消え入りそうな声で言うと、優斗は胸に触れる手に力を込める。

自分の乳房が彼の手の動きに合わせて歪む。その刺激に美月が体を震わせた。

不意に力を込められたことに驚き、思わず身をくねらせる。だが、形ばかりの抵抗で、美月がそれを拒むことはない。

「力を抜いて」

耳朶を甘く噛まれながらそう囁かれ、美月の体からするりと力が抜けていく。

「いい子だ」

美月の反応に、優斗が満足げに囁いた。

湯気が立ち込めるバスルームで聞く優斗の低い声は、いつも以上に艶っぽく、催眠術のように従いたくなる。

力の抜けた美月を背後から抱きしめ、優斗は胸の膨らみを下から上に掬い上げるようにして揉む。

最初は優しく触れていた手が、時折、痛みを感じるほど強く肌に食い込むと、体の奥が疼いた。

円を描くように胸を揉みしだき、人差し指と親指で胸の先端を摘まれる。コリコリと指でそこを捻られると、いつも以上に感じてしまった。

背中を彼に預けて身悶えると、湯船に小さい波が立つ。チャプチャプという水音がバスルームに反響し、美月を余計に妖しい気分にさせる。

「あっあっ……ぁ……あっ」

背中を反らせて喘いだ美月は、思いの外響いた自分の声に驚き、口を手で押さえた。

「いやらしい美月の声を隠さないで」

甘く囁く低い美声は、容易く美月の心を服従させてしまう。

優斗は反応を確かめるように、美月の胸の尖りを強く捻った。

「あんっ」

その刺激に美月が素直な反応を示すと、優斗が満足げに笑うのがわかった。

「そう。感じているなら、それを隠しちゃ駄目だ」

褒めるように、優斗は人差し指の腹で先端を強く押し込む。硬く尖ったそこは、彼の指が離れるとすぐに元どおりにツンと立ち上がってしまう。

優斗はそんな美月の胸を強弱をつけながら揉みしだいていく。

「あんっ」

「美月、こっち向いて」

優斗の言葉に従い振り向くと、一瞬で彼に唇を奪われた。

深く重なった唇から舌が入ってくる感触に、美月は瞼（まぶた）を閉じ、彼の首に腕を回す。

優斗は美月の舌を吸い、甘噛みしながら、胸を揉みしだく。

体の芯から蕩（とろ）けてしまいそうな口付けだった。

胸から手を離した優斗が、美月の腰を支えて体を浮かせる。

「ほら、体もこっちに向けて」

蕩（とろ）けた思考の中そう命じられ、美月は体の向きを変えた。

浴槽が広いので、難なく向きを変えられる。しかし、自然と彼の腰を跨（また）ぐ姿勢で抱き合う状態になり、恥ずかしくなった。

しかも膝立ちで広げた股に彼の昂（たかぶ）りを感じて、体の深い部分が彼の熱を求めてしまう。

「ここでするの？」

スルリと口から零れた言葉に、言った美月が驚き、数秒後に恥ずかしさが込み上げてきた。

「――っ」

散々美月を翻弄（ほんろう）していた優斗も、驚きを隠せないようだ。

「やっぱり、なんでもないですっ！」

自分の発言を慌てて訂正した美月は、優斗の胸を押して彼から離れようとする。だが、優斗に腰をしっかりと抱きしめられていて離れることができない。

湯船の水面が音を立てて波立つ中、美月に顔を寄せた優斗が囁く。

「美月が俺の全てを受け入れてくれるなら、俺にはその覚悟があるよ」

「……っ!?」

耳元で囁かれた優斗の声は甘く掠れていて、美月の下腹に強烈な疼きが湧き上がる。

好きな人を求める衝動は、人間の本能なのだろうか。

たった一度の人生で、ここまで愛しいと思える人に出会えたのは奇跡だ。

その人を、理性を忘れて求め、独占したくなるのは当然だろう。

付き合ってからの時間など関係なく、彼の全てが欲しくて堪らない。

なにより自分は、この先の人生で、優斗以上に好きになれる人が現れるなんて考えられなかった。

ならば、彼の全てを受け入れることを怖がる必要はない。

「このまま、……優斗さんが欲しいです」

美月の言葉に、優斗が首の角度を変えて美月の唇を求めてくる。

互いの舌を絡め合う濃厚な口付けを交わしながら、優斗が美月の腰を持ち上げた。それにより、自然と彼の昂りが美月の内股に触れる。

「……っ！」

湯より熱く感じるその感触に、美月の体が無意識に強張る。

「もう十分に濡れているから、大丈夫だよ」

美月の緊張を感じ取った優斗が、宥めるように指先で美月の膣口を刺激してくる。

「ぁっ……」

指が一本沈んでくると、それだけで体がビクビクと震えた。

快感に目を潤ませ、美月はねだるような視線を優斗に向ける。

それでも優斗は、熱のこもった眼差しを向けながら美月の蜜壷を弄んでくる。

中途半端に与えられる刺激がもどかしくて、美月は腰をくねらせた。

「い……挿れてっ」

もどかしさに耐えかねて、美月が小さな声でおねだりしても、優斗はすぐにその願いを聞き入れてくれる気はなさそうだ。

美月の困る表情を楽しむように、ゆるゆると執拗に指を動かしてくる。

「つぁあ」

彼の指の動きに反応して背中を反らせると、無防備になった首筋に彼の唇が触れる。

その感触が艶めかしくて、美月が慌てて姿勢を直すと、熱っぽい眼差しを向けてくる優斗と目が合った。

「美月から腰を動かしてみて」

「……っ」

今まで与えられる快楽しか知らなかった美月は、その要望に困惑の表情を浮かべた。

でも優斗はそんな美月の表情さえも味わっているのか、彼女の反応を待ちながら指での愛撫を続けていく。

ひどく淫らなことを求められながら指で嬲られると、さっき以上に感じてしまう。そしてその淫らな愛撫に、より強く彼の愛情を感じてしまう。

この意地悪が愛ゆえのものであるなら、美月も彼の愛に応えたい。

「意地悪……」

消え入りそうな声で詰りつつ、美月は腰を浮かせた。

「そのまま腰を落としておいで」

いい子だと褒めるように美月の頬を撫でる。

その手の優しさに表情を緩ませ、美月は彼の上に腰を沈めていく。

ゆるゆると腰を沈めると、愛撫とお湯でふやけた膣中が優斗のもので満たされていくのを感じた。

「やぁっ」

お湯の中で、それもいつもとは違う体位で受け入れる優斗のそれは、いつになく熱く生々しい。

「あっ」

背中を反らして喘ぐ美月が、堪らず腰を少し浮かせた。

「気持ちいい。美月の中は熱くて気持ちいいよ」

満足げに息を吐く優斗は、美月の腰を掴みさらに深く引き寄せてくる。

グプリと深く入り込んでくる感触に、美月は優斗の背中にしがみついて身悶えた。

お湯の中での行為のせいか、直に彼を感じているせいか、いつもとはなにもかもが違っている。

「ヤッ……駄目っ」

これまで経験したことのない刺激に、美月は焦って腰を動かしもがいた。

彼のもので直に中を擦られる感覚に、無意識に腰を浮かして逃げようとするが、すぐ優斗に引き戻されてしまう。

愛液がお湯で薄まるせいか、湯船の中での挿入は、狂おしいほどの刺激を与えてきた。

散々焦らされた体は、優斗の与える刺激を貪欲に貪り、美月を快楽の頂に押し上げていく。

込み上げる強い快感が苦しくて、優斗にしがみつき、美月は体を痙攣させて悶えた。

濃厚な快楽に溺れてしまうのが怖くて、美月が無意識にもがく度に、浴槽の水が激しく波打つ。

「ゆ……優斗さんっ……駄目っ」

内壁を擦る彼の感触に、美月が苦しげに身を震わせる。

優斗はそんな美月の腰をしっかりと掴んで言う。

「駄目じゃないよ。美月の体は、ヒクヒクしながら俺を締め付けて気持ちいいって言ってる」

「……っ」

言葉で言われるのは恥ずかしいが、美月の膣は、濃厚な刺激に歓喜するようにうねっている。

「あぁ……はぁぁ……あぁぁぁぅっ。はぁっ……優斗さん、もうっ……！」

「イク？」

美月の首筋に唇を這（は）わせながら、優斗が聞く。

その間も、彼は美月の腰を激しく揺さぶり続けている。

「あっ……………っ」

美月は喘（あえ）ぎ声を漏らし、首の動きで限界が近いことを伝える。

優斗の背中にしがみつく腕に力を込め、そうしながらも、彼を満足させたくて腰を動かす。

そんな美月の健気（けなげ）な動きに、優斗が短く唸（うな）った。

熱を帯びた息遣いに、彼の限界も近いのだと伝わってくる。

指先が白くなるほど必死に彼に縋（すが）る美月へ、優斗が「イッていいよ」と囁（ささや）いた。

たちまち、抑えていた感情の箍（たが）が一気に外れたように、美月は彼の背中に爪を立てて喘（あえ）いだ。

「あぁ――あっ！」

美月が達したのを確認した優斗は、彼女の腰を揺さぶり激しく突き上げていく。

美月を絶頂のさらなる上へと追い詰めていく優斗が、苦しげに眉根を寄せて熱い息を吐いた。

その瞬間、自分の奥に熱い優斗の熱が注（そそ）がれていく。

優斗の熱が、自分の深い場所に広がっていくのがわかる。避妊具で遮（さえぎ）られることない熱の交わりに、美月の腰がビクビクと震えてしまう。

身も心も、愛する人の全てを全身で受け止めた喜びは、美月に女としての幸福感をもたらせ、美月を甘く痺れさせていく。

美月の中に情熱の全てを注ぎ込んだ優斗は、絶頂の余韻に体を痙攣させる美月の腰を支える。

「愛してる」

美月を強く抱きしめ、優斗が囁く。

腕に力を込めて美月も気持ちを返すと、彼は愛おしそうに口付けをして、自分のものを抜き出した。その瞬間、美月の体は未練がましくブルリと震えてしまう。

そして、力の入らない体を優斗に抱き上げられて、美月はバスルームを出るのだった。

◇　◇　◇

「家のことについては、隠すというほどではないけど、積極的に話すこともなかったんだ。会社では、良くも悪くも創業者一族の人間で未来の経営者候補という俺の立場は目立つ。その結果、様々な評価を受けてきたけど、その度に、見る角度が違うだけで自分への評価が大きく変わってしまうことに驚いた」

浴室で思いを確かめ合った後、再びベッドで愛し合い、そのまま互いの温もりを確かめるように抱き合っている時に優斗がそう打ち明けた。

「カンナミは大きな組織だ。人が多く集まれば、三者三様の考えがあるのはしょうがない。創業者一族の俺に媚びる人もいれば、鳴り物入りで入社した俺を面白く思わない人もいる。そういう人間に『創業者一族だから、俺を認めろ』なんて乱暴で傲慢な意見を言う気はないが、足を引っ張ろうとする奴らに遠慮して萎縮する気もない」

美月の髪を撫でながら、優斗は静かな口調で語る。

そして、なにかを思い出すように重い息を吐く。

辻村の言葉から察するに、会社での優斗の風当たりは、相当強いのかもしれない。

「優斗さんが、正当に評価されてほしいです」

不満げな美月の声に、優斗が優しく息を吐く。

「否定も肯定も全てが、創業者一族としてカンナミで働く俺に対する世間の評価なんだよ。誰もが、自分の求める利益によって見る角度が違ってくる。……ただ俺が許せないのは、俺の存在を派閥の対立の道具に利用することだ。そんなことをしている暇があるなら、そのエネルギーを、カンナミをよりよい企業に成長させるために使うべきだ」

チラリと彼の横顔を窺うと、強気な表情で付け加える。

「許せないなら、流れを変えていくだけだ。媚びる奴も否定する奴もひっくるめて、俺がカンナミにいることが正解だと認めざるを得ないだけの仕事をすればいい」

その静かな口調に、長い時間をかけてその流れと戦ってきた彼の覚悟を感じる。

やっぱり彼は、猟犬のように利口な狼だ。

力で相手を屈服させることなく、時間をかけて実力を認めさせる覚悟で戦っていることが伝わってくる。

そして持って生まれた指導力で、その願いを叶えていくのだろう。

そんなことを考えていると、美月の髪を撫でていた優斗が、どこか情けない顔をして言う。

「自分の生まれや環境を不幸だと思ったことはなかった。でも俺の素性を知った時、美月の態度が変わってしまったらと思うと、本当に怖かったよ」

「……私にとっての優斗さんは、今目の前にいる貴方だけです。そして私は、そんな貴方が好きなんです」

理想的な王子様でなく、迷ったり悩んだり、時には嫉妬したりもする等身大の男の人。そんな彼を知って、美月は憧れではなく愛情を感じている。

「私の目、つり目でキツく見えるって言う人もいれば、ハッキリしたアーモンドアイで羨ましいって言ってくれる人もいます。人によって見方が違うのは当然ですよね。だから私は、私の目に映る優斗さんだけを信じます」

そんな美月の言葉に、優斗が深く頷く。

「そうだね。そういうふうに考えられる人だから、俺は君に惹かれたんだ」

優斗がトロリと蕩けてしまいそうな微笑みを見せた。

彼の体に頬を寄せ、その鼓動に耳を澄ませながら美月は話す。

「それに、私も一緒です。優斗さんに自分がどう見えているのかが怖くて、なかなか本音を打ち明けられずにいました」

それから美月は、優斗にここ数日のことを話していく。

舞子の言葉に傷付いたこと、偶然その場に居合わせた壮馬に助けられたこと。その後、会社にあった嫌がらせの電話がきっかけで、辻村から優斗の素性を聞かされたことなどを話した。

好きな人によく思われたくて、自分の嫌な部分を綺麗に隠しておきたいという気持ちはある。

でも美月は、壮馬に嫉妬してみっともないと落ち込む優斗を知って、さらに愛おしさが増した。

彼が完璧な王子様じゃないと知ったから生まれた感情がある。

だったら美月も、舞子に嘲(あざけ)られ傷付くような自分も、自分の一部なのだと認め、彼に取り繕(つくろ)うことなく語る。

ありのままの自分で彼と向き合い、そんな自分を受け止めてもらった上で彼の側にいたいと思う。

それに……

「傷付けられたままでいるつもりはありません。私も、強くなります」

壮馬の言うとおり、優斗の側にいれば、これからも舞子みたいに自分を傷付けようとする人は現れるだろう。その度に無理して心を取り繕(つくろ)うより、その痛みさえも受け入れられる強い自分になりたい。

「ありがとう」

「でも、私が強くあるためには、優斗さんの協力が必要なんです」

この人がいるからこそ、傷付いても辛くても、自分の選択を正しいと思えるのだ。

美月の願いに、優斗が承諾したと口付けで返す。

「俺が君に差し出せるものなら、全て捧げる。それが俺にとっての幸せでもあるから」

愛おしげに美月の髪を撫でる優斗が「気付いている？」と、優しい声で尋ねてくる。

「美月の言葉や存在は、俺の進む道を示す指針になっているんだよ」

「それは……」

さすがに買いかぶりではないか。

そう笑みを浮かべる美月に、優斗が悪巧みを楽しむ少年のような目をする。

「カンナミの後継者として生きてきた俺は、人は常に厳しい世界で戦っているものだと思い込んでいた。だから、オアシスというコンセプトになんの疑問も抱かなかったのだと思う。だけど美月の言葉が、俺に、東京はオアシスを求めるほど辛く苦しい場所じゃないと思い出させてくれたよ」

それは優斗と再会した日、カンナミが手掛ける商業施設の印象について、意見を求められた美月が述べた感想だ。

優斗がコンセプトの見直しを会議で提案したが、その意見が通っていないことは聞かされている。

辻村の言い方からすると、彼の提案は、御曹司のただのワガママと受け取られているようだ。

「本気なんですね」

周囲からの反発など気にすることなく、彼は自分の信じる道を突き進んで行く。そしてそれを成功に導いていく姿が想像できるのは、恋人の欲目ではなく、彼のカリスマ性が周囲を動かしてしまうことを知っているからだ。

美月の言葉に、優斗が頷く。

「東京での暮らしを楽しんでいる人にも、ちょっと足を伸ばした先で、新しい幸せを見つけてほしい。そして俺も、そんな些細な幸せを、愛する人と一緒に探していきたいよ」

優斗は、撫でていた美月の髪を一筋掬い上げて唇を寄せた。

自分にとってのパートナーが美月なのだと、視線で語る。

声なき優斗の語りかけに、美月は口付けで返す。

彼に出会う前の美月も、都会での暮らしに苦しみを感じていたわけではない。多少の寂しさはあっても、そのまま生きていけたと思う。

でも彼に出会って、幸せを共有できる人のいる喜びを知ってしまったから、もうあの頃には戻れない。

だったら、どこまでも彼と一緒に進んでいくまでだ。

「私にできることはありますか？」

自分を包む、気怠い疲労感に微睡みつつ、美月が聞く。

優斗が、自分とは比べものにならないプレッシャーと戦っているということは、容易に想像できる。

でも、苦しいはずのその道を、彼は迷うことなく進んでいくのだろう。

そんな彼を支えるために、自分にできることはなんだろうか。

「俺の側にいて」

頬を撫でながら返される優斗の言葉に、美月はそうじゃないと僅かに首を横に振る。

「側にいてほしいと思っているのは、私の方です。もっと、貴方の夢のサポートをしたいです」

抗議しているはずなのに、微睡みの中で、美月の声は無意識に甘いものになってしまう。

その声に聞き入るように考え込んでから優斗が返す。

「じゃあ、リニューアルが終わったら、俺と一緒に森を歩いて。美月と手を繋いで一緒に森を歩く、その未来が待っていると思えば、俺は進むべき道を見誤らない」

それは結局、ただ彼の側にいることとなにも変わらないのでは……そうは思うが、結局はそれがお互いに一番の望みであり、全ての原動力になるのだ。

甘く掠れた声で囁く優斗の息遣いに幸せを感じつつ、美月は甘い気怠さに身を任せた。

◇　◇　◇

その日、ソウマ園芸を訪れた美月は、印刷物の色味を確認する壮馬を見守る。

「うん。問題ない。第三弾、このまま進めていいよ」

壮馬の言葉に、美月は安堵の息を漏らした。

ソウマ園芸との仕事は、これで三回目ということもあり、思いの外スムーズに打ち合わせが進んだ。

「多肉植物の紅葉（こうよう）。綺麗な色を出すポイント、私も勉強になりました」

夏期休暇に合わせて店頭に置いた冊子も好評で、九月の最終週である今日は、色味の調整を重ねた第三弾の最終確認に来ていた。

今回の冊子のテーマは、多肉植物の紅葉（こうよう）に備えての知識。ソウマ園芸の仕事をすることになって、美月は初めて多肉植物が種類によっては銀杏（いちょう）などと同じように秋に紅葉（こうよう）するのだと知った。

ちなみに次の第四弾のテーマは、「多肉植物の冬支度」。ありがたいことに、引き続き写陽印刷で依頼を受けている。

「部屋の鉢植えは元気？」

テーブルに広げていた色校正紙と次回の資料をまとめていた美月に、壮馬が聞く。

「はい。しっかり根を張って、元気です」

美月の返事に、壮馬はいいことだと頷き、からかい混じりの視線を向けてきた。

「彼とは？」

その言葉に美月が照れくさそうに目を細めると、この手の話をする時だけ、何故か優斗を「彼」と表現する壮馬は、ため息を吐く。

ため息の理由を聞くと、「和倉さんの表情を見てたら、なんとなく」と片付けられてしまった。

「つまんないな」

「なにがですか？」

「嫉妬なんて、王子様らしからぬ情けない一面を見たら、俺になびいてくれるかと思ったのに」

心底つまらなさそうにしている壮馬に、「逆に嬉しかったです」と、はにかんでしまう。

優斗のような人が、自分相手にそんな熱情を示してくれるなんて思いもしなかったから。

「邪魔をしたつもりだったのに、残念」

嬉しそうな美月の表情を見て、壮馬は大袈裟(おおげさ)に肩を落としてため息を吐く。

「ところで、二人のことは写陽印刷の人も知っているの？」

壮馬の質問に、美月は頷く。

「直属の上司には報告してあります。隠しておくことで、後々問題になるよりは、ちゃんと話しておくべきだと思って。……それにこれは、隠しておくようなことでもないですし」

美月の最後の言葉に、壮馬は「ごちそうさま」と、口角を下げた。

「それを知った上で、カンナミの担当を外されなかったならラッキーだね」

壮馬の言葉に、片付けを終えた美月は胸を張って立ち上がる。

「あの仕事は、私にしかできませんから」

「和倉さんの仕事は評価してるけど、なかなか大きく出たね」

壮馬はからかうように目を丸くするけれど、美月は、これは虚勢などではないと微笑む。

ただしそれは、壮馬が想像しているような意味ではないのだが。

「まだまだ未熟ですけど、覚悟を決めればできることもあるんです。結果は、年末に見せます」

その言葉に、壮馬が眩しいものを見るように目を細めた。

「グランドフィナーレを楽しみにしているよ」

優斗のプランに壮馬も一枚噛んでいるのは知っている。

それなら、美月の仕事の結果は、年末の商業施設のグランドフィナーレでわかるだろう。

美月は「頑張ります」と、宣言してソウマ園芸を後にした。

壮馬の店を出ると、降り注ぐ日差しはまだまだ夏の色が濃く、ブラウス越しの肌に痛みを感じるほどだ。

その日差しの強さに一瞬目眩を感じるが、美月はそれを気にすることなく歩を進めるのだった。

7　森で会いましょう

十二月最終日、優斗と出会った商業施設のグランドフィナーレに足を運んだ美月は、入場チケットをテナントから漏れる明かりに照らして誇らしげに微笑んだ。

チケットを大事に鞄にしまい、周囲を行き交う華やかな人々に目を細めた。

数時間後に訪れる新年を待ち受ける人の顔は、誰もがみな楽しげで、期待に満ち溢(あふ)れている。

いつもは出入り自由な商業施設だが、最終日の今日は、有名アーティストを招いてのカウントダウンイベントがあるため入場制限をかけていた。

美月は、夜の闇に浮かび上がるイベント会場を眺めて誇らしげに目を細める。

——ただ、すごく寒いけど……

保温性の高いインナーを着込んでコートを羽織り、洒落たデザインの手袋をした美月は、それでも体の芯から凍えてくるような寒さに手を揉み合わせた。

そして手を組み合わせたことで感じる、左手薬指の感触に心が温まる。

「寒いのに、皆、よく出てくるわね」

呆れ気味な声に反応して振り向くと、ダウンジャケットを着込んでニット帽を被った辻村の姿があった。

「お疲れさまです」

「チケットありがとう」

「いえ、お世話になりましたから。辻村さんは、里帰りしなかったんですか？」

写陽印刷の年内業務は数日前に終了している。カウントダウンのチケットを渡したものの、美月同様、地方出身の辻村は、里帰りで来られないものと思い込んでいた。

素直に驚きを口にする美月に、辻村が片頬だけ奇妙に痙攣させて、嫌そうに返す。

「面倒くさい親戚の集まりが過ぎた二日に帰る」

「なるほど」

痙攣する辻村の頬に、言葉で表現しきれない煩わしさが読み取れた。

「そういう意味では、貴女がやらかしてくれて助かったわ。部下がミスして仕事先を怒らせたから、年末もまだ謝罪して回らなきゃいけないって説明したら帰省が遅れるのを納得してくれたし」

その言葉に、美月が慌てて頭を下げる。しかし辻村は、それでいいのだと笑った。

「前に、ウチはウチの仕事をするだけだって言ったはずよ。和倉さんはちゃんと自分の仕事をして、会社の利益に貢献した。私が頭を下げるくらい安いもんでしょ」

ケラケラと笑う辻村の白い息が、冬の夜空に上っていく。

「ありがとうございます」

「貴女は、本当にいい仕事をしたと思ってる」

そう言って辻村が、今日のグランドフィナーレのチケットと、一枚のチラシを取り出した。

透明PETフィルムというポリエステルフィルムを使用したチケットには、必要な情報と共に、バーコ印刷という盛り上げ技法を使用して、滑(なめ)らかで立体的な粉雪と雪の結晶を浮かび上がらせている。しかし、左上から右下へと流れる雪の結晶の最後は、意図的に花びらに見えるようデザインしてあった。

このグランドフィナーレのチケットデザインと、来年のリニューアルオープンを告げるチラシは、共に美月が任されたものだ。

優斗から依頼を受けた際は、来年のリニューアルオープンの広告だけの予定だった。だが、打ち合わせのために訪れたカンナミ本社で、別件で外出している優斗の代わりに対応してくれた涼に、チラシと共にグランドフィナーレのチケットを任せてもらえたら、プロジェクトに連動性を持たせられると共に印刷のコストダウンを図れると提案した。

デザインのイメージサンプルを持参した美月の話に興味を示した涼は、そのまま責任者に話を通してくれて、打ち合わせの場ですぐに金額交渉に話が移った。目の前のチャンスに怯(ひる)まず対応できたのは、営業に籍を置いていた経験があったからだと思う。同時に、各部署の雑用で素材管理や発注を任されていた知識が役に立った。

もともとコストより、話題性を求めていたカンナミの担当者は、美月の提案を面白いと気に入ってくれた。

そうやってもぎ取った仕事を手土産に、美月は辻村と交渉したのだ。

まだまだ新人である自分の確認不足を見逃してほしいと……

「最初は、殴ってやろうかと思ったわ」

美月の暴挙ともいえる交渉を思い出したのか、辻村はニヤリと笑う。

そしてチケットをチラシに重ねながら続けた。

「でも、こんなものを見せられたら、ストップはかけられないでしょ」

透明のチケットを、チラシの上で滑らせた。すると、柔らかなタッチと色調で描かれたイメージイラストの上で舞う光の玉と、チケットの雪の結晶が美しく重なる。

そのままチケットを滑らせているうちに、結晶の形が認識しづらくなり、逆に光と花びらが強調される場所があることに気付く。

そこにチケットを置くと、リニューアルオープンの日付と、「オアシスから森に、繋がり広がる未来」というキャッチコピーが強調される。

一見すると透明に見えるチケットだが、実は微かに濃淡にムラのある緑が薄くかかっていた。チケットをチラシに重ねることで、チラシに描かれた彩り程度の樹木の緑が、森を意識させる緑深いものへと変化する。それと同時に、チラシに白抜きで書かれていたカンナミが本来掲げていたコンセプトの文字が消えてしまう。

この仕掛けに何人の人が気付くかはわからない。だが、はっきりと宣伝して回るより、気付いた誰かがＳＮＳで広めてくれた方がこの仕掛けは意味を持つと、美月は思っている。

美月の意見にインスピレーションを受け、優斗はこの場所を、日常の延長線でささやかな楽しみを見つけられる森のような場所にしたいと、綿密な根回しをしてきたという。自分を疎み、無駄に足を引っ張りたがる幹部たちに悟られないよう下準備を済ませていた。

既に出来上がっている設計図をもとに、植樹される植物の種類や配置を変更することで訪れた人の印象は大きく変わるはずと、壮馬にも随分相談していたそうだ。

優斗によると、この商業施設のリニューアル事業が終われば、それが期待されているような評価を得ることがなくても、彼に役職を与えることが決まっているのだという。

それは社長を含めた上層部の決定であり、優斗の一存で辞退できる流れではないらしい。

そんな出来レースともいえる出世に、全ての社員が納得するわけもなく、やたらと難癖をつけて足を引っ張ろうとする者も少なくないそうだ。

そんな人たちに文句を言わせないために、優斗は結果を残さなければならないと言った。

それも、既存の流れに頼った成功ではなく、周囲から批判を受けるような流れの中での成功を。

その理由は、責任を取る覚悟もなく否定ばかりしてくる人というのは、事業が成功すれば口を噤むからだという。

優斗の綿密な根回しと、下準備のおかげで、彼に文句が言えなくなった人たちは、チケットとチラシを自分たちが事前に確認していなかったことを理由に写陽印刷へ言いがかりをつけてきた。

その理不尽ともいえる叱責（しっせき）を受けるために、辻村は美月の直属の上司として、先方に赴（おもむ）いてくれたのだった。

「ウチとしては、大企業を相手に素敵なチラシを作ったという実績ができた。結果がよければ、些（さ）細（さい）な確認ミスがあったことなんて誰も問題にしない」

「ありがとうございます」

美月が頭を下げると、チラシとチケットを鞄にしまった辻村が、意外な質問を投げかけてきた。

「私がどうして服部に怒っていたかわかる？」

「えっと……」

妊娠を機に今の美月のポジションを辞した服部は、辻村の怒りを結婚できない女の僻（ひが）みだと表していたが、今の美月はそうは思わない。

でも無責任という言葉で片付けられるほど、子育てが簡単なものではないというのもわかる。

難しい顔で思案する美月に、辻村が答えを告げる。

「私は、少しも挑戦することなく、自分の限界を決めた彼女に腹が立っていたの」

「……？」

「仕事を理由に結婚を諦める必要はないし、結婚と子育てを理由に仕事を選ぶ必要もない。少なくとも、挑戦してみてから諦めてほしかったわ」

残念だと嘆息する辻村の横顔に、美月はふと思い出したものがある。

優斗との関係を辻村に報告した際、彼女に「それで？」と、問いかけられた。

厳しい表情で詰問してくる彼女に、美月は「彼と別れる気はないし、このまま自分にしかできない仕事をしたい」と、返した。

根拠のない美月の言葉を辻村が受け入れてくれた理由を、今さらながらに納得する。

「努力して駄目なら、その時はフォローする。でもその前に諦めてしまう人に、私は大事な仕事を任せられない。若いうちは、がむしゃらに欲張って欲しいものをなんでも取りに行けばいいのよ」

だからこれからも貪欲にどんどん行けと、辻村は美月の肩を軽く叩いた。

「来年も頑張ります」

「こちらこそ、来年もよろしく」

美月の言葉にそう返し、その場を離れようとした辻村が、思い出したように聞く。

「そういえば、榎波さんは一緒じゃないの？　せっかくのカウントダウンイベントなのに」

美月は肩をすくめて笑う。

「イベントが終わった後に会う約束をしています。けど、彼は今仕事中なので」

印刷物を仕上げた段階で、カンナミとの仕事を終えた美月とは違い、優斗はこのイベントが終わるまでやることは多い。

なるほどと納得した辻村は「それまで一人？」と、気遣う表情を見せた。

時間は午後十時を過ぎたところだ。イベントはこの後、アーティストのライブと年越しカウントダウンを経てフィナーレとなる。当然、美月が優斗と落ち合うのは、その後となる。

「いえ、これから年内に解決しておきたい用事を済ませてきます」

「そう。じゃあまた来年」

「よいお年を」

ヒラヒラと指を振って立ち去る辻村の背中を見送っていると、彼女が少し離れた場所に立っていた男性と合流するのが見えた。

男性と合流した辻村が、自然な様子で男性の腕に自分の腕を絡めて歩いていく。

その姿を見れば、服部の辻村に対する評価が間違っていたのだとわかる。

温かな気持ちで辻村の背中を見送った美月は、自分の目的を果たすべく歩き出した。

辻村と別れた美月は、スマホを取り出し画面を確認した。

舞子に向けて発した「少し話がしたいんだけど、どこにいる?」というメッセージは、既読マークがついているが返信はない。

それでもせわしなく更新され続ける舞子のＳＮＳを確認すると、彼女のおおよその居場所を知ることができた。

以前、壮馬に助けてもらう形で終わった食事会以降、舞子との交流は途絶えている。

そんな彼女に、このグランドフィナーレのチケットを送ったのは十日ほど前のことだ。

それに対するリアクションはなかったので、きちんと手元に届いたかどうかわからなかったが、彼女がこまめに近況をアップしているSNSを見る限り、彼女もこのイベントに参加しているようだ。

舞子の姿を捜していた美月は、しばらくして目的の人の姿を見つけた。

「舞子」

「……美月っ！」

突然名前を呼ばれた舞子は、驚きの表情を見せた。だが、すぐに不機嫌な表情で眉根を寄せて美月を睨(にら)んでくる。

「なに、割り込みとかやめてくれる」

尖った舞子の言葉に周囲を確認して、舞子がこの後始まるアーティストの演奏のために場所取りをしているのだとわかった。

よく見ると舞台が随分近いので、特等席といえる場所だろう。

「ごめん。少し話をしたらすぐに行くから」

そう返しても不満げな様子で、舞子は周囲に視線を巡(めぐ)らせる。

他にも場所取りをしている人が大勢いるので、周りの目が気になるのかもしれない。けれど、これまでの彼女の言動を思い、そこまで配慮する気にはなれない。

「嫌なら場所を変える？」

美月の言葉に舞子が眉根を歪ませるが、動く気配はない。

それならそれでいいと、美月は話を切り出す。

「地元にいた頃の舞子は、本当に輝いていて女子の憧れだったよ」

「それ、私に地元に帰れって言ってる？」

美月の言葉に素早く反応した舞子が、棘のある声で返す。

そういう意味ではないと美月が首を横に振ったところで、舞子は納得してくれないだろう。

それでもいいと、美月は話を続ける。

「でも今の舞子には憧れないし、好きになれない。舞子は、今の自分が好き？　もしそうじゃなかったら、一度立ち止まって、自分を見つめ直してみたら」

舞子に見せられた彼女の写真は、いつも同じような笑顔ばかりだった。完璧に整った、可愛い笑顔。なのに、その笑顔から、彼女の感情は読み取れない。

とても楽しそうな写真なのに、どこか窮屈そうに見えた。

「それって、美月の勝手な意見で、私は……」

咄嗟に反論しかけた舞子は、すぐに口ごもり、そのまま黙り込んだ。

そんな舞子に、美月は頷いて返す。

「これは私の価値観で、私の意見でしかないから、舞子が今の自分を好きならそれでいいよ。なにも言わない」

　そこで一度言葉を切った美月は、一呼吸置いて続けた。

「でも、もし舞子が、今の生活に違和感を覚えているなら、私の言葉を思い出してほしいな」

　今日のこの会話が、舞子の心に残るかどうかは彼女自身の問題だ。

　すぐに忘れてしまうかもしれないし、嫌味に受け取られるかもしれない。

　それでも、今日の美月の言葉が舞子の中に残って、いつか彼女が立ち止まった時、自分を見つめ直すきっかけになればいいと思う。

「……」

　黙って美月を見つめる舞子の顔に、彼女の迷いを感じた。

　後は舞子が、自分で判断して生き方を決めていくしかない。

　ただ同郷のよしみで、彼女のこの先の人生が辛いものでなければいいと願う。

「私の話はこれで終わり。舞子がなにを思おうと、私は、この場所で頑張っていくから」

「……」

「じゃあ、もう行くね」

「美月っ」

　手を振って離れようとした時、舞子が名前を呼んだ。

　その声に足を止めて振り向くと、しばらく言葉に迷った彼女が不機嫌そうに「チケットありがとう」と、言った。

舞子から出た、そんな一言を嬉しく思い、美月は小さく手を振る。

「よいお年を」

美月がそう言うと舞子が泣きそうな顔で手を振った。

——これで終わり。

舞子のもとを離れた美月は、ヤレヤレと肩の力を抜く。

もしかしたらもう、舞子と会うことはないかもしれない。

別にこのまま会うことなく、舞子と距離を取ってもよかった。

舞子も美月も、なにも困ることなく生きていける。

けれど、上京してから、それなりの年月を共に過ごした。ろくに言葉を交わしたこともなかったただの自己満足かもしれないが、嫌だからと見て見ぬふりをして終わりたくなかった。

高校時代も含めれば、舞子との付き合いは十年以上になる。

年明けまであと一時間と少し。

どこかでお茶を飲みながら、優斗を待とう。

そう決めて、ライブを観に行く人の流れに逆らって歩いていると、誰かに手首を掴(つか)まれた。

驚き、咄嗟(とっさ)に振り払おうとすると、そこには美月が一番会いたい人の姿があった。

「優斗さん！」

「ステージから、美月の姿が見えたから、抜け出してきた」

肩で息をする優斗は、白い息を吐いて言う。

よほど急いできたのか、スーツ姿の彼は、手袋やアウターといった防寒具を身につけていない。

見るからに寒そうな彼を温めようと、彼の頬を両手で包むと、優斗がその温もりを味わうように目を伏せた。

「ありがとう」

手袋をしている美月の両手に自分のそれを重ねて優斗が言う。

「こちらこそ、ありがとうございます」

彼が追いかけてきてくれたおかげで、今年最後に、彼の顔を見ることができた。

湧き上がる愛情に表情を綻(ほころ)ばせる美月に、優斗も表情を和(やわ)らげる。

「今年最後の思い出に、少しだけ一緒に歩こう」

そう言って、優斗が右手を差し出す。

美月は頷いて、手袋を外して手を繋いだ。美月の左手の薬指に嵌(は)められた指輪の感触を確認して、優斗が嬉しそうに微笑む。

二人は手を繋いで、人の流れに逆らって歩いていく。

ライトアップされた遊歩道を並んで歩いているうちに、あれこれ思い出してしまう。

「激動の一年でした」

春にこの場所で優斗と出会い、美月の世界が一変した。

辛い思いをしたこともあったけど、出会えてよかったと心から思う。

彼に出会って初めて、人を愛することの尊さを本当の意味で知ることができた。

「俺と出会ってくれてありがとう」

人の気配が途切れた場所で足を止め、優斗がそう言って美月を抱きしめた。

彼のスーツからは、彼特有の甘く爽やかな香りがする。

深く息を吸うと、出会った日から今日までのことが脳裏を駆け巡っていく。

「私を見つけてくれて、ありがとうございます」

今では自分の日常の一部となった彼の香りを味わうように大きく息を吸い込むと、辛い記憶が全て洗い流されていくような気がする。

「来年もよろしくお願いします」

顔を上げると彼と視線が重なり、二人の間に引力が生じた。自然と引かれ合うみたいに唇が重なる。

短い口付けを交わした優斗が、美月の目を見つめて囁く。

「これからずっとよろしく」

その言葉に深く頷き、美月は背伸びをして自分から彼に唇を重ねた。

エピローグ　これからのために

『雪。このまま積もりそう』

湯上がりにスマホのメッセージを確認した美月は、窓辺のチェストに手をついて窓に顔を寄せる。

額に触れるガラスは冷たく、美月の吐く息で薄く曇って外が上手く見えない。

ただでさえ、ホテルの高層階にあるこの部屋はガラスが厚く夜の闇の中では外が見えにくい。

「なにか見える？」

その声に振り返ると、バスローブに身を包んだ優斗の姿があった。

濡れた髪を乱暴にタオルで拭きながら歩み寄ってきた優斗は、美月を背後から包み込むようにしてチェストに両手をつく。

背後から重なる彼の吐息と、風呂上がりの清潔な匂いを肌で感じ、美月は背中を優斗へ傾けた。

「地元の友達が、雪が降ってるって教えてくれたから、こっちはどうなのかと思って」

「降ってる？」

そう問いかけながら、優斗が窓を覗き込む。自然と互いの体が寄り添い密着する。

「降ってないみたい」

残念そうに窓の外を見た優斗は、すぐに気持ちを立て直して言う。

「明日の夜には、一緒に雪景色が見られるかな」

その言葉に、美月は目を閉じて、雪化粧をした自分の故郷を優斗と歩く姿を想像した。

年越しイベントの疲れを取るため元日の今日は二人でのんびり過ごし、明日、美月は優斗と一緒に里帰りすることになっていた。

正月に娘が恋人を連れてくる——今実家は、上を下への大騒ぎになっているという。

まだ具体的に、優斗と結婚の話が出ているわけではない。

ただ、舞子の電話の一件で根も葉もない噂を耳にした美月の家族が、都内で一人暮らしをする娘を心配していると知った優斗が、家族に安心してもらうために挨拶に行こうと言ってくれたのだ。

挨拶がこのタイミングになったのは、美月の地元は日帰りで行くには遠く、正月休みのこの時期まで、多忙な彼がまとまった休みを取ることができなかったからにすぎない。

そのことはちゃんと説明したのだけど、娘が恋人を家に連れてくるのが初めてのため、美月の家族は浮き足立っているようだ。

美月としては、舞い上がっている家族を彼に紹介するのは少し恥ずかしいが、優斗が美月の育った場所を見てみたいと言ってくれたのは素直に嬉しい。

「一緒に、私の遊んでいた森まで歩きましょう」

その言葉に、優斗が頷いたのが気配でわかった。

それを嬉しく思い、美月は体を反転させて優斗の首筋に自分の腕を絡める。

美月の動きに応えるように、優斗も自分の腕を彼女の腰へ回した。

二人ともシャワーを浴びてバスローブを羽織っただけなので、そうやって体を密着させると、互いの体温を肌で感じることができる。

でもそれだけでは満足できない。

好きな人と一緒にいられれば、それだけで幸せ。

昔は単純にそう思っていた。

なのに今は、好きな人と一緒にいると、どんどん貪欲になってしまう。

その気持ちは、優斗も同じなのだろう。

優しく頬を撫でながら美月の顎を持ち上げた優斗は、自然に唇を重ねてきた。

クチュリと湿った音がして、彼の唇の感触に愛しさが込み上げてくる。

優斗の肌の温もりに、この一年のいろんな思いが込み上げ、胸が締め付けられる。

「愛してます」

彼の唇が離れた瞬間に美月が囁くと、優斗は口付けでその言葉に返事をする。

そして唇を重ねながら愛おしげに美月の頬を撫でた。

初めのうちは重ねるだけだった唇が、小鳥が啄むような優しい刺激を与えてくる。

その感触に美月が細く息を吐くと、優斗はそのまま美月の口内へと舌を忍ばせてきた。

濡れた優斗の舌が美月の舌に絡み付いてくる。

自分の舌を求める優斗に応えようと、美月も稚拙ながらに舌を動かし、二人の呼吸のリズムが重なっていく。

彼の唾液が自分のそれと交わる感触に、脳の芯が痺れる。

そんな美月の反応に雄としての欲望を煽られるのか、優斗が深く激しく唇を求めてきた。

くちゅくちゅと唾液を纏って絡みつく彼の舌の感触に、腰の辺りにうずうずとした痺れが湧き上がる。

その痺れがもどかしく、美月が微かに腰をくねらせた。

すると、優斗の手が彼女の胸に触れる。

バスローブの上から二度三度胸を揉みしだかれ、美月は唇を重ねたままもどかしげに息を漏らした。

その息遣いを楽しむように優斗は体を反転させ、一方の腕で美月の腰を捉えたまま、本格的に彼女の胸を揉みしだいていく。

激しく唇を求められながら胸を揉まれると、拒む気はないのに、つい後ずさってしまう。

優斗はそんな彼女を愛撫しながら、巧みにベッドの方へ誘導していく。

そしてベッドまで美月を追い詰めると、その肩を軽く押した。

「……あっ」

尻餅をつくようにベッドに腰を下ろした美月は、さらに肩を押されてベッドに仰向けに倒れ込む。

美月のかたわらに腰を下ろした優斗は、ベッドに広がる彼女の髪を一房掬い上げた。

こういう時の彼は、ひどく蠱惑的で、その眼差しで見つめられるだけで美月の脳が甘く蕩けていく。

「一生離さない」

情熱のこもった優斗の囁き声は、確信に満ち溢れている。

彼が求めるままに、世界が進んでいく。

見ている者をそう思わせてしまう圧倒的な魅力が、彼にはあった。

きっと職場でも、彼はこの持ち前の魅力で人の心を動かし、これからも問題を乗り越えていくのだろう。

でも……

「違います」

美月の言葉に、優斗が微かに目を見開く。

そんな彼の表情を愛おしく思いながら、美月は手を伸ばして彼の左目の泣きボクロを指で撫でた。

とろりとした眼差しで彼を見上げて言う。

「私が、自分の意思で優斗さんの側にいるんです」

彼ほどの人に寄り添って生きるには、それなりの覚悟と努力が必要になるだろう。

美月としては、その全てを覚悟した上で、彼の隣にいることを選んだのだ。

「ありがとう」

目を細めて囁いた優斗は、美月の上に覆い被さり再び唇を求めてくる。

そうしながら柔らかな胸に手を這わせた。

今回は、バスローブの上からではなく直接美月の乳房を強く握り込む。

痛みを感じるほど強く胸を揉まれて、美月は熱い息を漏らした。

その素直な反応に、優斗も熱い息を漏らし、より強く美月の胸を求めてきた。

片腕でバランスを取り、美月に体重をかけないよう注意しながら、優斗はもう一方の手で美月の胸を揉む。

自分の手の形に馴染ませるみたいに、優斗の大きな手が強く柔く胸を捏ね回してくる。

その間に、尖り始めた胸の先端を爪でカリカリと引っ掻いたり、指先で潰して柔らかな乳房に押し込んだりする。

「んっ……っ」

美月の感じる場所を美月以上に把握している優斗が与える刺激は、ひどくもどかしい。

「感じる？」

そう尋ねながら、優斗は柔らかな胸に唇を寄せる。

彼の気配を感じて視線を向けた。

優斗は美月に見せつけるように、細く突き出した舌の先端で美月の胸をくすぐる。

「あっ……」

濡れた舌先で肌を愛撫(あいぶ)され、美月の腰が震えてしまう。

「美月からも、俺を欲しがって」

ビクリと体を震わせた美月に、優斗が囁(ささや)く。

言葉を発するために軽く顔を上げた彼の瞳は情熱的で、唇が濡れている。そんな彼に上目使いに問いかけられて、美月は恥ずかしさから視線を逸らした。

「まだまだ物足りない」

からかうように囁(ささや)き、優斗は美月の乳房に唇を戻す。

美月が感じているかどうかなんて、触れている優斗が一番よくわかっているはずだ。

それなのに優斗は、恥じらいから言葉を返せずにいる美月を罰するように、よりいやらしく舌で胸を愛撫(あいぶ)してくる。

親指と人さし指で強く摘まんだ胸の尖りを、舌でチロチロと嬲(なぶ)られると、痛みと快楽の両方を感じてしまう。

まだ触れられてもいない下半身に、甘い疼(うず)きが湧き上がってくる。

唇を重ねたまま、胸を激しく揉まれた美月は、体をくねらせて身悶(みもだ)えた。優斗に上手く誘導されて、気が付くとベッドの中央で体を絡め合っている。

キングサイズの広いベッドの上で、優斗は美月の乳房をしゃぶりながら、腰を撫でた手を、そのまま脚の付け根に移動させていく。

「……ぁっ」

内ももを撫でる優斗の手の感触に、美月の喉が震える。

彼の手が求める場所を察知して、思わずその手首を掴むが、それで止められるはずもなく、優斗の指が下着の上から美月の秘部に触れた。

「もう十分、濡れているよ」

顔を上げた優斗が、美月の羞恥心を煽るように告げる。

もとよりその自覚があるだけに恥ずかしくて堪らない。

しかも視界の端に見えた自分の胸は、彼の唾液に濡れてヌルヌルと卑猥な輝きを帯びている。

「……っ」

息を呑む美月に構わず、優斗は秘裂の割れ目に沿って指を動かした。

蜜で濡れた下着の上で、彼の指が滑らかに動く。

薄い布越しに感じる刺激が焦れったくて、美月は優斗の手を止めようとしたのを忘れて、彼の背中に腕を絡めた。

美月のそんな反応に、優斗は満足げに息を吐く。

美月の胸元に顔を埋めて、指を動かしていく。

硬く膨れた胸の尖りを舌で熱く蕩かされ、うずうずとした痺れが体全体に広がっていく。

舌で転がすだけでなく、甘噛みしたり、強く吸ったりと執拗に刺激を与え続けてくる。

そうしながら、指は焦らすように下着越しの愛撫を繰り返す。

下着の上から割れ目に指を押し込まれると、もっと深い場所を刺激してほしいと、体の奥がねだるようにひくつく。

「ふぁぁっ」

ゆるゆると布越しに蠢く指が、熱く熟した肉芽に触れる。堪らず美月は、優斗の背中に回した腕に力を込めて身悶えた。

優斗にしがみつき、踵がシーツの上を滑る。

美月のさらなる反応を求めるように、優斗が下着の隙間から指を滑り込ませてきた。

「あっんぁっ」

忍び込んできた指が、蜜で湿った秘裂を撫でる。

割れ目に食い込み、蜜を掬うように蠢く指は、蜜を絡めた状態で美月の熟した肉芽を弾く。

それは予想以上に強い刺激となって、美月の体を突き抜けていった。

全身を包み込む絶頂感に、美月の脚がぴんと伸び、爪先が無意識に丸まる。

「感じてる？」

胸から顔を上げた優斗に再び問いかけられ、美月が観念したように頷く。

優斗は体を起こし、自分が纏うバスローブを脱ぎ、美月のバスローブにも手をかけた。先ほどまでの行為で着崩れているバスローブは、既に美月の肌を隠す役割を果たしておらず、腰紐を解くと簡単に脱げてしまう。

優斗はそのまま下着も取り去り、美月の膝を掬い上げて脚を左右に割り広げた。

「あっ」

そのまま腰を屈めた彼がなにをしようとしているのかを察し、美月が脚を強張らせる。

優斗はそれを気にすることなく、脚の間に顔を寄せた。

「――んっ」

陰唇に唇が触れる艶めかしい感触に、美月は自分の手の甲を噛んだ。

秘めたる場所で彼の息遣いを感じて、それだけで再びイキそうになってしまう。

愛撫をねだるように、美月のそこが無意識にひくつく。そんな自分の反応が恥ずかしくて、美月は息を詰めた。

しかし優斗は、美月の反応を喜ぶように、情熱的に舌を這わせていく。

指で美月の割れ目を押し広げ、舌で深い場所を舐め上げる。

「……っ…………うっ」

柔らかくざらつく舌が、熱く濡れた秘部をくすぐる。その艶めかしい感触に、美月の腰が浮き上がった。

舌で媚肉（びにく）を舐（な）められながら、指先で陰唇を刺激されると、子宮の深い場所が彼を求めて疼（うず）くのを止められない。

そんな体を持て余すように腰を震わせると、美月の奥からトロリとした蜜が溢（あふ）れ出る。

それを優斗が舌で啜（すす）り上げるが、すぐに新しい愛液が零れてきてしまう。

その蜜を求めて、優斗は舌だけでなく指を美月の中に沈めてくる。

「やぁあっ……感じるっ」

男性的な長い指が、自分の中を擦り上げる感触に、美月は背中を反（そ）らせて喘（あえ）いだ。

緊張してひくつく媚肉（びにく）を解すように優斗は指を動かす。その刺激が、余計に美月のそこをひくつかせ、無意識に優斗の指を締め上げる。

堪（こら）えようとしても腰がくねるのを止められず、浅い呼吸を繰り返す。

悶（もだ）える美月を見つめながら、優斗は長い指を微かに曲げて中を掻き混ぜてくる。

唾液と愛蜜が混じり合い、内股や臀部（でんぶ）を濡らしていく。その感触がひどく淫（みだ）らで、美月の羞恥心（しゅうちしん）を煽（あお）った。

「美月の中が、ヒクヒクしてる」

優斗が熱く囁（ささや）く。そして「わかる?」と、円を描くように中で指を動かし、舌で美月の肉芽をジュッと音がするほど強く吸った。

「きゃぁっ」

その刺激に美月は脚をばたつかせ、身悶えた。

苦しいほどの快楽から逃げ出したいのに、優斗の腕が脚に絡み付いているので逃げることもできない。

その間も、優斗は指を動かしながら、舌先で肉芽の皮を剥くようにしゃぶっている。尖った肉芽に彼の歯が触れ、彼女を喘がせた。

既に十分すぎる愉悦に浸る美月の体には、刺激が強すぎた。

全身を貫く甘い痺れに、瞼の裏に閃光が走り、一気に脱力してしまう。

蜜口をヒクヒクと震わせながら息を乱す美月の頬を、顔を上げた優斗が優しく撫でた。

「イッた？」

優斗に問いかけられ、美月は小刻みに頷く。

彼から与えられる快楽に蕩けきった美月の目は熱っぽく潤んでいて、その眼差しを向けられた優斗が満足げに目を細めた。

脱ぎ捨てたバスローブで口元を拭った優斗は、野性的な眼差しで美月に顔を寄せる。

覆い被さる優斗に唇を求められると、彼の胸が美月の胸に触れた。

彼の硬く引き締まった胸板が、美月の胸を押し潰す。その感触に、異性の体を強く意識してしまう。

それと共に、内股に彼の昂りを感じ、好きな人と一つになれる喜びに胸が大きく跳ねる。

「愛してる」

「私も」

互いの唇を求め合いながら、愛の言葉を囁き合う。

胸に熱い感情が込み上げて、達したばかりだというのに、子宮がさらに強い刺激を求めて疼いている。

「……優斗さんっ」

「いい？」

甘えてねだるような声で彼の名前を呼ぶと、優斗が美月の額に自分の額を擦り合わせて聞く。

その問いかけに美月が首の動きで答えると、優斗が軽く腰を浮かせ、昂りきった自身を美月の花弁に押し当てた。

「あっ……ぁ……っ」

沈み込む優斗のものに、美月の内側が押し広げられていく。

感じきって収縮している膣の中いっぱいに、優斗のものが沈み込む。

待ちかねたその感触に、美月の体が甘く痺れた。

中に感じる優斗のものは恐ろしく硬くて、大きい。

美月を貫くその感触が、愛おしくてしょうがない。

「やぁ……ぁっ…………ゆっ……優斗……ぁっ」

蜜で潤んだ媚肉が震え、下腹が脈打つ。

全身に広がる淫らな痺れに恍惚となり、彼の背中に手足を絡めて美月が喘いだ。

「美月の中、すごく熱い」

美月の首筋に口付けながら、優斗が感嘆の息を漏らして囁く。

そうしながら最奥まで腰を沈め、美月の背中が弓なりに反った。

「イヤ……当た……るの……っ」

「知ってる。もっと俺を感じて」

首筋に触れる優斗の息遣いにも感じてしまう。

それほどまでに、美月は全身で彼から与えられる刺激を求めていた。

ゆるゆると腰を動かしながら、優斗が再び美月の唇を求めてくる。

深く唇を重ね、優斗が激しく腰を動かし始めた。

「ん、……うっん……あぁぁっ」

舌を絡め合ったまま膣内を擦られると、さっきまでとは比べものにならない快感が美月を襲う。

唇を重ねているため思うように息ができず、酸欠で頭がくらくらしてきた。そんな中で与えられる刺激は、美月を強烈に掻き乱す。

ぴったりと抱き合った彼が腰を動かす度に、胸が擦られ、その刺激も美月を甘く悩ませる。

「ンッンッ……ふぁぁ…………ぁっ……ッ」

甘い蜜に溺（おぼ）れていくような感覚が、美月の五感を果てしなく酔わせていく。

自分の全てが蕩（とろ）けていきそうなほどの快楽から逃げ出したいのに、彼の背に絡める手足を解くことができない。

それどころか、もっとその蜜に溺（おぼ）れていたいと、彼に抱きつく四肢に力を込める。

そんな反応に応（こた）えるように、優斗は腰の動きを速くして美月を攻め立てていく。

「あぁ……ふぁっ…………やあぁっ」

さっきより強い絶頂を予感して、美月は瞼（まぶた）を閉じてその瞬間を待った。

「美月、愛してる」

鼓膜に直接息を吹きかけるように囁（ささや）かれ、ジンジンとした痺（しび）れが全身を包み込み、浮遊感を覚える。一気に高いところに突き上げられるような快感に襲われ、視界が白く霞（かす）んだ。

次の瞬間、美月の体を脱力感が襲う。

美月の絶頂を感じ取った優斗も、打ち付ける腰を加速させる。

そして、美月の中に自分の熱を放った。

最奥（さいおう）に注（そそ）がれた彼の熱に美月の腰が再び震え、彼のものを強く締め付ける。

その感覚に優斗が微かに眉根を寄せ、美月を強く抱きしめた。

離れてしまうのが惜しいといいたげに、美月を抱きしめる優斗は絡み合った体勢のまま動きを止める。

胸に押し付けた頬で彼の鼓動を感じ、言いようのない幸福感が込み上げてきた。

「私も……」

そう返す美月が彼を見上げると、彼が唇を重ねてくる。

——これからもずっと、愛してます。

その言葉を、唇ごしに伝え合って、美月と優斗は抱きしめ合う互いの腕に力を込めた。

超過保護な兄に育てられ、23年間男性との交際経験がない彩香（あやか）。そんな彼女に求婚してきたのは、イケメンなものぐさ御曹司だった!?　「恋愛や結婚は面倒くさい」と言いながら、家のために彩香と結婚したいなんて！　突拍子もない彼の提案に呆れる彩香だったけど、閉園後の遊園地を貸し切って夜景バックにプロポーズなど、彼の常識外の求婚はとても情熱的で…!?

B6判　定価：704円（10%税込）　ISBN 978-4-434-24330-1

エタニティ文庫

完璧御曹司から突然の求婚!?

エタニティ文庫・赤

エタニティ文庫・赤

暴走プロポーズは極甘仕立て

冬野まゆ　　装丁イラスト／蜜味

文庫本／定価：704円（10％税込）

超過保護な兄に育てられ、男性に免疫ゼロの彩香。そんな彼女に、突然大企業の御曹司が求婚してきた！　この御曹司、「面倒くさい」が口癖なのに、彩香にだけは情熱的。閉園後の遊園地を稼働させ、夜景バックにプロポーズ、そして彩香を兄から奪って婚前同居に持ち込んで……!?

※エタニティブックスは大人の女性のための恋愛小説レーベルです。ロゴマークの色で性描写の有無を判断することができます（赤・一定以上の性描写あり、ロゼ・性描写あり、白・性描写なし）。

詳しくは公式サイトにてご確認ください。
https://eternity.alphapolis.co.jp/

携帯サイトはこちらから！

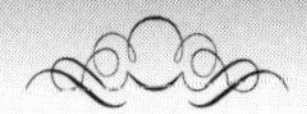

〜大人のための恋愛小説レーベル〜

ETERNITY
エタニティブックス

装丁イラスト／カトーナオ

エタニティブックス・赤

お願い、結婚してください

冬野(とうの)まゆ

ワーカホリックな御曹司・昂也の補佐役として、忙しい日々を送る二十六歳の比奈。しかし、仕事のしすぎで彼氏にフラれてしまう。婚期を逃しかねない未来予想図に危機感を持った比奈は、自分のプライベートを確保すべく仕事人間の昂也を結婚させようとする。しかし、彼がロックオンしたのは何故か自分で⁉

装丁イラスト／白崎小夜

エタニティブックス・赤

不埒な社長はいばら姫に恋をする

冬野(とうの)まゆ

大手自動車メーカーの技術開発部に勤める寿々花は、家柄も容姿もトップレベルの令嬢ながら研究一筋の数学オタク。愛する人と結ばれた親友を羨ましく思いつつ、ある事情で自分の恋愛にはなんの期待もしていなかった。しかし、ＩＴ会社社長・尚樹と出会った瞬間、抗いがたい甘美な引力に絡め取られて⁉

※エタニティブックスは大人の女性のための恋愛小説レーベルです。ロゴマークの色で性描写の有無を判断することができます（赤・一定以上の性描写あり、ロゼ・性描写あり、白・性描写なし）。

詳しくは公式サイトにてご確認ください。
https://eternity.alphapolis.co.jp/

携帯サイトはこちらから！

この作品に対する皆様のご意見・ご感想をお待ちしております。

おハガキ・お手紙は以下の宛先にお送りください。

【宛先】

〒150-6008 東京都渋谷区恵比寿4-20-3 恵比寿ガーデンプレイスタワー8F
（株）アルファポリス　書籍感想係

メールフォームでのご意見・ご感想は右のＱＲコードから、
あるいは以下のワードで検索をかけてください。

アルファポリス　書籍の感想

ご感想はこちらから

恋をするなら蜜より甘く

冬野まゆ（とうの まゆ）

2021年4月25日初版発行

編集ー本山由美・篠木歩
編集長ー塙綾子
発行者ー梶本雄介
発行所ー株式会社アルファポリス
〒150-6008 東京都渋谷区恵比寿4-20-3 恵比寿ガーデンプレイスタワー8F
TEL 03-6277-1601（営業） 03-6277-1602（編集）
URL https://www.alphapolis.co.jp/
発売元ー株式会社星雲社（共同出版社・流通責任出版社）
〒112-0005 東京都文京区水道1-3-30
TEL 03-3868-3275
装丁イラストー逆月酒乱
装丁デザインーAFTERGLOW
（レーベルフォーマットデザインーansyyqdesign）
印刷ー中央精版印刷株式会社

価格はカバーに表示されてあります。

落丁乱丁の場合はアルファポリスまでご連絡ください。

送料は小社負担でお取り替えします。


ISBN978-4-434-28772-5 C0093